LE CHIEN JAUNE

Georges Simenon, écrivain belge de langue française, est né à Liège en 1903. Il décide très jeune d'écrire. Il a seize ans lorsqu'il devient journaliste à *La Gazette de Liège*, d'abord chargé des faits divers puis des billets d'humeur consacrés aux rumeurs de sa ville. Son premier roman, signé sous le pseudonyme de Georges Sim, paraît en 1921 : *Au pont des Arches, petite histoire liégeoise*. En 1922, il s'installe à Paris avec son épouse peintre Régine Renchon, et apprend alors son métier en écrivant des contes et des romans-feuilletons dans tous les genres : policier, érotique, mélo, etc. Près de deux cents romans parus entre 1923 et 1933, un bon millier de contes, et de très nombreux articles...

En 1929, Simenon rédige son premier Maigret qui a pour titre : *Pietr le Letton*. Lancé par les éditions Fayard en 1931, le commissaire Maigret devient vite un personnage très populaire. Simenon écrira en tout soixante-douze aventures de Maigret (ainsi que plusieurs recueils de nouvelles) jusqu'à *Maigret et Monsieur Charles*, en 1972.

Peu de temps après, Simenon commence à écrire ce qu'il appellera ses « romans-romans » ou ses « romans durs » : plus de cent dix titres, du *Relais d'Alsace* paru en 1931 aux *Innocents*, en 1972, en passant par ses ouvrages les plus connus : *La Maison du canal* (1933), *L'homme qui regardait passer les trains* (1938), *Le Bourgmestre de Furnes* (1939), *Les Inconnus dans la maison* (1940), *Trois Chambres à Manhattan* (1946), *Lettre à mon juge* (1947), *La neige était sale* (1948), *Les Anneaux de Bicêtre* (1963), etc. Parallèlement à cette activité littéraire foisonnante, il voyage beaucoup, quitte Paris, s'installe dans les Charentes, puis en Vendée pendant la Seconde Guerre mondiale. En 1945, il quitte l'Europe et vivra aux Etats-Unis pendant dix ans ; il y épouse Denyse Ouimet. Il regagne ensuite la France et s'installe définitivement en Suisse. En 1972, il décide de cesser d'écrire. Muni d'un magnétophone, il se consacre alors à ses vingt-deux *Dictées*, puis, après le suicide de sa fille Marie-Jo, rédige ses gigantesques *Mémoires intimes* (1981). Simenon s'est éteint à Lausanne en 1989. Beaucoup de ses romans ont été adaptés au cinéma et à la télévision.

GEORGES SIMENON

Le Chien jaune

PRESSES DE LA CITÉ

1

Le chien sans maître

Vendredi 7 novembre. Concarneau est désert. L'horloge lumineuse de la vieille ville, qu'on aperçoit au-dessus des remparts, marque onze heures moins cinq.

C'est le plein de la marée et une tempête du sud-ouest fait s'entrechoquer les barques dans le port. Le vent s'engouffre dans les rues, où l'on voit parfois des bouts de papier filer à toute allure au ras du sol.

Quai de l'Aiguillon, il n'y a pas une lumière. Tout est fermé. Tout le monde dort. Seules, les trois fenêtres de l'*Hôtel de l'Amiral*, à l'angle de la place et du quai, sont encore éclairées.

Elles n'ont pas de volets mais, à travers les vitraux verdâtres, c'est à peine si on devine des silhouettes. Et ces gens attardés au café, le douanier de garde les envie, blotti dans sa guérite, à moins de cent mètres.

En face de lui, dans le bassin, un caboteur

qui, l'après-midi, est venu se mettre à l'abri. Personne sur le pont. Les poulies grincent et un foc mal cargué claque au vent. Puis il y a le vacarme continu du ressac, un déclic à l'horloge, qui va sonner onze heures.

La porte de l'*Hôtel de l'Amiral* s'ouvre. Un homme paraît, qui continue à parler un instant par l'entrebâillement à des gens restés à l'intérieur. La tempête le happe, agite les pans de son manteau, soulève son chapeau melon qu'il rattrape à temps et qu'il maintient sur sa tête tout en marchant.

Même de loin, on sent qu'il est tout guilleret, mal assuré sur ses jambes et qu'il fredonne. Le douanier le suit des yeux, sourit quand l'homme se met en tête d'allumer un cigare. Car c'est une lutte comique qui commence entre l'ivrogne, son manteau que le vent veut lui arracher et son chapeau qui fuit le long du trottoir. Dix allumettes s'éteignent.

Et l'homme au chapeau melon avise un seuil de deux marches, s'y abrite, se penche. Une lueur tremble, très brève. Le fumeur vacille, se raccroche au bouton de la porte.

Est-ce que le douanier n'a pas perçu un bruit étranger à la tempête ? Il n'en est pas sûr. Il rit d'abord en voyant le noctambule perdre l'équilibre, faire plusieurs pas en arrière, tellement penché que la pose en est incroyable.

Il s'étale sur le sol, au bord du trottoir, la tête dans la boue du ruisseau. Le douanier se frappe les mains sur les flancs pour les

8

réchauffer, observe avec mauvaise humeur le foc dont les claquements l'irritent.

Une minute, deux minutes passent. Nouveau coup d'œil à l'ivrogne, qui n'a pas bougé. Par contre un chien, venu on ne sait d'où, est là, qui le renifle.

— C'est seulement à ce moment que j'ai eu la sensation qu'il s'était passé quelque chose ! dira le douanier, au cours de l'enquête.

Les allées et venues qui succédèrent à cette scène sont plus difficiles à établir dans un ordre chronologique rigoureux. Le douanier s'avance vers l'homme couché, peu rassuré par la présence du chien, une grosse bête jaune et hargneuse. Il y a un bec de gaz à huit mètres. D'abord le fonctionnaire ne voit rien d'anormal. Puis il remarque qu'il y a un trou dans le pardessus de l'ivrogne et que de ce trou sort un liquide épais.

Alors il court à l'*Hôtel de l'Amiral*. Le café est presque vide. Accoudée à la caisse, une fille de salle. Près d'une table de marbre, deux hommes achèvent leur cigare, renversés en arrière, jambes étendues.

— Vite !... Un crime... Je ne sais pas...

Le douanier se retourne. Le chien jaune est entré sur ses talons et s'est couché aux pieds de la fille de salle.

Il y a du flottement, un vague effroi dans l'air.

— Votre ami, qui vient de sortir...

Quelques instants plus tard, ils sont trois à se pencher sur le corps, qui n'a pas changé de place. La mairie, où se trouve le poste de police, est à deux pas. Le douanier préfère s'agiter. Il s'y précipite, haletant, puis se suspend à la sonnette d'un médecin.

Et il répète, sans pouvoir se débarrasser de cette vision :

— Il a vacillé en arrière comme un ivrogne et il a fait au moins trois pas de la sorte...

Cinq hommes... six... sept... Et des fenêtres qui s'ouvrent un peu partout, des chuchotements...

Le médecin, agenouillé dans la boue, déclare :

— Une balle tirée à bout portant en plein ventre... Il faut opérer d'urgence... Qu'on téléphone à l'hôpital...

Tout le monde a reconnu le blessé. M. Mostaguen, le principal négociant en vins de Concarneau, un bon gros qui n'a que des amis.

Les deux policiers en uniforme — il y en a un qui n'a pas trouvé son képi — ne savent par quel bout commencer l'enquête.

Quelqu'un parle, M. Le Pommeret, qu'à son allure et à sa voix on reconnaît immédiatement pour un notable.

— Nous avons fait une partie de cartes ensemble, au *Café de l'Amiral*, avec Servières et le docteur Michoux... Le docteur est parti le premier, voilà une demi-heure... Mosta-

10

guen, qui a peur de sa femme, nous a quittés sur le coup de onze heures...

Incident tragi-comique. Tous écoutent M. Le Pommeret. On oublie le blessé. Et le voici qui ouvre les yeux, essaie de se soulever, murmure d'une voix étonnée, si douce, si fluette que la fille de salle éclate d'un rire nerveux :

— Qu'est-ce que c'est ?...

Mais un spasme le secoue. Ses lèvres s'agitent. Les muscles du visage se contractent tandis que le médecin prépare sa seringue pour une piqûre.

Le chien jaune circule entre les jambes. Quelqu'un s'étonne.

— Vous connaissez cette bête ?...

— Je ne l'ai jamais vue...

— Sans doute un chien de bateau...

Dans l'atmosphère de drame, ce chien a quelque chose d'inquiétant. Peut-être sa couleur, d'un jaune sale ? Il est haut sur pattes, très maigre, et sa grosse tête rappelle à la fois le mâtin et le dogue d'Ulm.

A cinq mètres du groupe, les policiers interrogent le douanier, qui est le seul témoin de l'événement.

On regarde le seuil de deux marches. C'est le seuil d'une grosse maison bourgeoise dont les volets sont clos. A droite de la porte, une affiche de notaire annonce la vente publique de l'immeuble pour le 18 novembre.

Mise à prix : 80 000 francs...

Un sergent de ville chipote longtemps sans parvenir à forcer la serrure et c'est le patron du garage voisin qui la fait sauter à l'aide d'un tournevis.

La voiture d'ambulance arrive. On hisse M. Mostaguen sur une civière. Les curieux n'ont plus d'autre ressource que de contempler la maison vide.

Elle est inhabitée depuis un an. Dans le corridor règne une lourde odeur de poudre et de tabac. Une lampe de poche éclaire, sur les dalles du sol, des cendres de cigarette et des traces de boue qui prouvent que quelqu'un est resté assez longtemps à guetter derrière la porte.

Un homme, qui n'a qu'un pardessus sur son pyjama, dit à sa femme :

— Viens ! Il n'y a plus rien à voir... Nous apprendrons le reste demain par le journal... M. Servières est là...

Servières est un petit personnage grassouillet, en paletot mastic, qui se trouvait avec M. Le Pommeret à l'*Hôtel de l'Amiral*. Il est rédacteur au *Phare de Brest*, où il publie entre autres chaque dimanche une chronique humoristique.

Il prend des notes, donne des indications, sinon des ordres, aux deux policiers.

Les portes qui s'ouvrent sur le corridor sont fermées à clef. Celle du fond, qui donne accès à un jardin, est ouverte. Le jardin est entouré d'un mur qui n'a pas un mètre cinquante de haut. De l'autre côté de ce mur, c'est une ruelle qui débouche sur le quai de l'Aiguillon.

— L'assassin est parti par là ! annonce Jean Servières.

C'est le lendemain que Maigret établit tant bien que mal ce résumé des événements. Depuis un mois, il était détaché à la Brigade Mobile de Rennes, où certains services étaient à réorganiser. Il avait reçu un coup de téléphone alarmé du maire de Concarneau.

Et il était arrivé dans cette ville en compagnie de Leroy, un inspecteur avec qui il n'avait pas encore travaillé.

La tempête n'avait pas cessé. Certaines bourrasques faisaient crever sur la ville de gros nuages qui tombaient en pluie glacée. Aucun bateau ne sortait du port et on parlait d'un vapeur en difficulté au large des Glénan.

Maigret s'installa naturellement à l'*Hôtel de l'Amiral*, qui est le meilleur de la ville. Il était cinq heures de l'après-midi et la nuit venait de tomber quand il pénétra dans le café, une longue salle assez morne, au plancher gris semé de sciure de bois, aux tables de marbre, qu'attristent encore les vitraux verts des fenêtres.

Plusieurs tables étaient occupées. Mais, au premier coup d'œil, on reconnaissait celle des habitués, les clients sérieux, dont les autres essayaient d'entendre la conversation.

13

Quelqu'un se leva, d'ailleurs, à cette table, un homme au visage poupin, à l'œil rond, à la lèvre souriante.

— Commissaire Maigret ?... Mon bon ami le maire m'a annoncé votre arrivée... J'ai souvent entendu parler de vous... Permettez que je me présente... Jean Servières... Hum !... Vous êtes de Paris, n'est-ce pas ?... Moi aussi !... J'ai été longtemps directeur de la Vache Rousse, à Montmartre... J'ai collaboré au *Petit Parisien*, à *Excelsior*, à *La Dépêche*... J'ai connu intimement un de vos chefs, ce brave Bertrand, qui a pris sa retraite l'an dernier pour aller planter ses choux dans la Nièvre... Et j'ai fait comme lui !... Je suis pour ainsi dire retiré de la vie publique... Je collabore, pour m'amuser, au *Phare de Brest*...

Il sautillait, gesticulait.

— Venez donc, que je vous présente notre tablée... Le dernier carré des joyeux garçons de Concarneau... Voici Le Pommeret, impénitent coureur de filles, rentier de son état et vice-consul du Danemark...

L'homme qui se leva et tendit la main était en tenue de gentilhomme campagnard : culottes de cheval à carreaux, guêtres moulées, sans un grain de boue, cravate-plastron en piqué blanc. Il avait de jolies moustaches argentées, des cheveux bien lissés, un teint clair et des joues ornées de couperose.

— Enchanté, commissaire.

Et Jean Servières continuait :

— Le docteur Michoux... Le fils de l'ancien député... Il n'est d'ailleurs médecin que sur le papier, car il n'a jamais pratiqué... Vous verrez qu'il finira par vous vendre du terrain... Il est propriétaire du plus beau lotissement de Concarneau et peut-être de Bretagne.

Une main froide. Un visage en lame de couteau, au nez de travers. Des cheveux roux déjà rares, bien que le docteur n'eût pas trente-cinq ans.

— Qu'est-ce que vous buvez ?...

Pendant ce temps, l'inspecteur Leroy était allé prendre langue à la mairie et à la gendarmerie.

Il y avait dans l'atmosphère du café quelque chose de gris, de terne, sans qu'on pût préciser quoi. Par une porte ouverte, on apercevait la salle à manger où des serveuses en costume breton dressaient les tables pour le dîner.

Le regard de Maigret tomba sur un chien jaune, couché au pied de la caisse. Il leva les yeux, aperçut une jupe noire, un tablier blanc, un visage sans grâce et pourtant si attachant que pendant la conversation qui suivit il ne cessa de l'observer.

Chaque fois qu'il détournait la tête, d'ailleurs, c'était la fille de salle qui rivait sur lui son regard fiévreux.

— Si ce pauvre Mostaguen, qui est le

15

meilleur bougre de la terre, à cela près qu'il a une peur bleue de sa femme, n'avait failli y laisser la peau, je jurerais que c'est une farce de mauvais goût...

C'était Jean Servières qui parlait. Le Pommeret appelait familièrement :

— Emma !...

Et la fille de salle s'avançait.

— Alors ?... Qu'est-ce que vous prenez ?...

Il y avait des demis vides sur la table.

— C'est l'heure de l'apéritif ! remarqua le journaliste. Autrement dit, l'heure du pernod... Des pernods, Emma... N'est-ce pas, commissaire ?...

Le docteur Michoux regardait son bouton de manchette d'un air absorbé.

— Qui aurait pu prévoir que Mostaguen s'arrêterait sur le seuil pour allumer son cigare ? poursuivait la voix sonore de Servières. Personne, n'est-ce pas ? Or, Le Pommeret et moi habitons de l'autre côté de la ville ! Nous ne passons pas devant la maison vide ! A cette heure-là, il n'y avait plus que nous trois à circuler dans les rues... Mostaguen n'est pas le type à avoir des ennemis... C'est ce qu'on appelle une bonne pâte... Un garçon dont toute l'ambition est d'avoir un jour la Légion d'honneur...

— L'opération a réussi ?...

— Il s'en tirera... Le plus drôle est que sa femme lui a fait une scène à l'hôpital, car elle est persuadée qu'il s'agit d'une histoire d'amour !... Vous voyez ça ?... Le pauvre

16

vieux n'aurait même pas osé caresser sa dactylo, par crainte des complications !

— Double ration !... dit Le Pommeret à la serveuse qui versait l'imitation d'absinthe. Apporte de la glace, Emma...

Des clients sortirent, car c'était l'heure du dîner. Une bourrasque pénétra par la porte ouverte, fit frémir les nappes de la salle à manger.

— Vous lirez le papier que j'ai écrit làdessus et où je crois avoir étudié toutes les hypothèses. Une seule est plausible : c'est que l'on se trouve en présence d'un fou... Par exemple, nous qui connaissons toute la ville, nous ne voyons pas du tout qui pourrait avoir perdu la raison... Nous sommes ici chaque soir... Parfois le maire vient faire sa partie avec nous... Ou bien Mostaguen... Ou encore on va chercher, pour le bridge, l'horloger qui habite quelques maisons plus loin...

— Et le chien ?...

Le journaliste esquissa un geste d'ignorance.

— Personne ne sait d'où il sort... On a cru un moment qu'il appartenait au caboteur arrivé hier... Le *Sainte-Marie*... Il paraît que non... Il y a bien un chien à bord, mais c'est un terre-neuve, tandis que je défie qui que ce soit de dire de quelle race est cette affreuse bête...

Tout en parlant, il saisit une carafe d'eau, en versa dans le verre de Maigret.

17

— Il y a longtemps que la fille de salle est ici ? questionna le commissaire à mi-voix.

— Des années...

— Elle n'est pas sortie, hier au soir ?

— Elle n'a pas bougé... Elle attendait que nous partions pour se coucher... Le Pommeret et moi, nous évoquions de vieux souvenirs, des souvenirs du bon temps, quand nous étions assez beaux pour nous offrir des femmes sans argent... Pas vrai, Le Pommeret ?... Il ne dit rien !... Lorsque vous le connaîtrez mieux, vous comprendrez que, du moment qu'il est question de femmes, il soit de taille à passer la nuit... Savez-vous comment nous appelons la maison qu'il habite en face de la halle aux poissons ?... La maison des turpitudes... Hum !...

— A votre santé, commissaire, fit, non sans une certaine gêne, celui dont on parlait.

Maigret remarqua au même instant que le docteur Michoux, qui avait à peine desserré les dents, se penchait pour regarder son verre en transparence. Son front était plissé. Son visage, naturellement décoloré, avait une expression saisissante d'inquiétude.

— Un instant !... lança-t-il soudain, après avoir longtemps hésité.

Il approcha le verre de ses narines, y trempa un doigt qu'il frôla du bout de la langue. Servières éclata d'un gros rire.

— Bon !... Le voilà qui se laisse terroriser par l'histoire Mostaguen...

— Eh bien ?... questionna Maigret.

18

— Je crois qu'il vaut mieux ne pas boire...
Emma !... Va dire au pharmacien d'à côté
d'accourir... Même s'il est à table !...

Cela jeta un froid. La salle parut plus vide,
plus morne encore. Le Pommeret tiralla ses
moustaches avec nervosité. Le journaliste
lui-même s'agita sur sa chaise.

— Qu'est-ce que tu crois ?...

Le docteur était sombre. Il fixait toujours
son verre. Il se leva et prit lui-même dans le
placard la bouteille de pernod, la mania dans
la lumière, et Maigret distingua deux ou trois
petits grains blancs qui flottaient sur le
liquide.

La fille de salle rentrait, suivie du pharmacien qui avait la bouche pleine.

— Ecoutez, Kerdivon... Il faut immédiatement nous analyser le contenu de cette bouteille et des verres...

— Aujourd'hui ?...

— A l'instant !...

— Quelle réaction dois-je essayer ?...
Qu'est-ce que vous pensez ?...

Jamais Maigret n'avait vu poindre aussi
vite l'ombre pâle de la peur. Quelques instants avaient suffi. Toute chaleur avait disparu des regards et la couperose semblait
artificielle sur les joues de Le Pommeret.

La fille de salle s'était accoudée à la caisse
et mouillait la mine d'un crayon pour aligner
des chiffres dans un carnet recouvert de toile
cirée noire.

— Tu es fou !... essaya de lancer Servières.

Cela sonna faux. Le pharmacien avait la bouteille dans une main, un verre dans l'autre.

— Strychnine... souffla le docteur.

Et il poussa l'autre dehors, revint, tête basse, le teint jaunâtre.

— Qu'est-ce qui vous fait penser... ? commença Maigret.

— Je ne sais pas... Un hasard... J'ai vu un grain de poudre blanche dans mon verre... L'odeur m'a paru bizarre...

— Autosuggestion collective !... affirma le journaliste. Que je raconte ça demain dans mon canard et c'est la ruine de tous les bistros du Finistère...

— Vous buvez toujours du pernod ?...

— Tous les soirs avant le dîner... Emma est tellement habituée qu'elle l'apporte dès qu'elle constate que notre demi est vide... Nous avons nos petites habitudes... Le soir, c'est du calvados...

Maigret alla se camper devant l'armoire aux liqueurs, avisa une bouteille de calvados.

— Pas celui-là !... Le flacon à grosse panse...

Il le prit, le mania devant la lumière, aperçut quelques grains de poudre blanche. Mais il ne dit rien. Ce n'était pas nécessaire. Les autres avaient compris.

L'inspecteur Leroy entrait, annonçait d'une voix indifférente :

— La gendarmerie n'a rien remarqué de

suspect. Pas de rôdeurs dans le pays... On ne comprend pas...

Il s'étonna du silence qui régnait, de l'angoisse compacte qui prenait à la gorge. De la fumée de tabac s'étirait autour des lampes électriques. Le billard montrait son drap verdâtre comme un gazon pelé. Il y avait des bouts de cigare par terre, ainsi que quelques crachats, dans la sciure.

— ... Sept et je retiens un... épelait Emma en mouillant la pointe de son crayon.

Et, levant la tête, elle criait à la cantonade :

— Je viens, madame !...

Maigret bourrait sa pipe. Le docteur Michoux fixait obstinément le sol et son nez paraissait plus de travers qu'auparavant. Les souliers de Le Pommeret étaient luisants comme s'ils n'eussent jamais servi à marcher. Jean Servières haussait de temps en temps les épaules en discutant avec lui-même.

Tous les regards se tournèrent vers le pharmacien quand il revint avec la bouteille et un verre vide.

Il avait couru. Il était à court de souffle. A la porte, il donna un coup de pied dans le vide pour chasser quelque chose, grommela :

— Sale chien !...

Et, à peine dans le café :

— C'est une plaisanterie, n'est-ce pas ?... Personne n'a bu ?...

— Eh bien ?...

— De la strychnine, oui !... On a dû la

21

mettre dans la bouteille il y a une demi-heure à peine...

Il regarda avec effroi les verres encore pleins, les cinq hommes silencieux.

— Qu'est-ce que cela veut dire ?... C'est inouï !... J'ai bien le droit de savoir !... Cette nuit, un homme qu'on tue à côté de chez moi... Et aujourd'hui...

Maigret lui prit la bouteille des mains. Emma revenait, indifférente, montrait au-dessus de la caisse son long visage aux yeux cernés, aux lèvres minces, ses cheveux mal peignés où le bonnet breton glissait toujours vers la gauche bien qu'elle le remît en place à chaque instant.

Le Pommeret allait et venait à grands pas en contemplant les reflets de ses chaussures. Jean Servières, immobile, fixait les verres et éclatait soudain, d'une voix qu'assourdissait un sanglot d'effroi :

— Tonnerre de Dieu !...

Le docteur rentrait les épaules.

2

Le docteur en pantoufles

L'inspecteur Leroy, qui avait vingt-cinq ans, ressemblait davantage à ce que l'on appelle un jeune homme bien élevé qu'à un inspecteur de police.

Il sortait de l'école. C'était sa première affaire et depuis quelques instants il observait Maigret d'un air désolé, essayait d'attirer discrètement son attention. Il finit par lui souffler en rougissant :

— Excusez-moi, commissaire... Mais... les empreintes...

Il dut penser que son chef était de la vieille école et ignorait la valeur des investigations scientifiques car Maigret, tout en tirant une bouffée de sa pipe, laissa tomber :

— Si vous voulez...

On ne vit plus l'inspecteur Leroy, qui porta avec précaution la bouteille et les verres dans sa chambre et passa la soirée à confectionner un emballage modèle, dont il avait le schéma en poche, étudié pour faire voyager les objets sans effacer les empreintes.

Maigret s'était assis dans un coin du café. Le patron, en blouse blanche et bonnet de cuisinier, regardait sa maison du même œil que si elle eût été dévastée par un cyclone.

Le pharmacien avait parlé. On entendait des gens chuchoter dehors. Jean Servières, le premier, mit son chapeau sur sa tête.

— Ce n'est pas tout ça ! Je suis marié, moi, et Mme Servières m'attend !... A tout à l'heure, commissaire...

Le Pommeret interrompit sa promenade.

— Attends-moi ! Je vais dîner aussi... Tu restes, Michoux ?...

Le docteur ne répondit que par un haussement d'épaules. Le pharmacien tenait à jouer un rôle de premier plan. Maigret l'entendit qui disait au patron :

— ... et qu'il est nécessaire, bien entendu, d'analyser le contenu de toutes les bouteilles !... Puisqu'il y a ici quelqu'un de la police, il lui suffit de m'en donner l'ordre...

Il y avait plus de soixante bouteilles d'apéritifs divers et de liqueurs dans le placard.

— Qu'est-ce que vous en pensez, commissaire ?...

— C'est une idée... Oui, c'est peut-être prudent...

Le pharmacien était petit, maigre et nerveux. Il s'agitait trois fois plus qu'il n'était nécessaire. On dut lui chercher un panier à bouteilles. Puis il téléphona à un café de la

24

vieille ville afin qu'on aille dire à son commis qu'il avait besoin de lui.

Tête nue, il fit cinq ou six fois le chemin de l'*Hôtel de l'Amiral* à son officine, affairé, trouvant le temps de lancer quelques mots aux curieux groupés sur le trottoir.

— Qu'est-ce que je vais devenir, moi, si on m'emporte toute la boisson ? gémissait le patron. Et personne ne pense à manger !... Vous ne dînez pas, commissaire ?... Et vous, docteur ?... Vous rentrez chez vous ?...

— Non... Ma mère est à Paris... La servante est en congé...

— Vous couchez ici, alors ?...

Il pleuvait. Les rues étaient pleines d'une boue noire. Le vent agitait les persiennes du premier étage. Maigret avait dîné dans la salle à manger, non loin de la table où le docteur s'était installé, funèbre.

A travers les petits carreaux verts, on devinait dehors des têtes curieuses qui, parfois, se collaient aux vitres. La fille de salle fut une demi-heure absente, le temps de dîner à son tour. Puis elle reprit sa place habituelle à droite de la caisse, un coude sur celle-ci, une serviette à la main.

— Vous me donnerez une bouteille de bière ! dit Maigret.

Il sentit très bien que le docteur l'observait tandis qu'il buvait, puis après, comme pour

deviner les symptômes de l'empoisonnement.

Jean Servières ne revint pas, ainsi qu'il
l'avait annoncé. Le Pommeret non plus. Si
bien que le café resta désert, car les gens pré-
féraient ne pas entrer et surtout ne pas boire.
Dehors, on affirmait que toutes les bouteilles
étaient empoisonnées.

— De quoi tuer la ville entière !...

Le maire, de sa villa des Sables Blancs,
téléphona pour savoir au juste ce qui se passait. Puis ce fut le morne silence. Le docteur
Michoux, dans un coin, feuilletait des journaux sans les lire. La fille de salle ne bougeait
pas. Maigret fumait, placide, et de temps en
temps le patron venait s'assurer d'un coup
d'œil qu'il n'y avait pas de nouveau drame.

On entendait l'horloge de la vieille ville
sonner les heures et les demies. Les piétine-
ments et les conciliabules cessèrent sur le
trottoir, et il n'y eut plus que la plainte mono-
tone du vent, la pluie qui battait les vitres.

— Vous dormez ici ? demanda Maigret au
docteur.

Le silence était tel que le seul fait de parler à haute voix jeta un trouble.

— Oui... Cela m'arrive quelquefois... Je vis
avec ma mère, à trois kilomètres de la ville...
Une villa énorme... Ma mère est allée passer
quelques jours à Paris et la domestique m'a
demandé congé pour assister au mariage de
son frère...

Il se leva, hésita, dit assez vite :

26

— Bonsoir...

Et il disparut dans l'escalier. On l'entendit qui enlevait ses chaussures, au premier, juste au-dessus de la tête de Maigret. Il ne resta plus dans le café que la fille de salle et le commissaire.

— Viens ici ! lui dit-il en se renversant sur sa chaise.

Et il ajouta, comme elle restait debout dans une attitude compassée :

— Assieds-toi !... Quel âge as-tu ?

— Vingt-quatre ans...

Il y avait en elle une humilité exagérée. Ses yeux battus, sa façon de se glisser sans bruit, sans rien heurter, de frémir avec inquiétude au moindre mot, cadraient assez bien avec l'idée qu'on se fait du souillon habitué à toutes les duretés. Et pourtant on sentait sous ces apparences comme des pointes d'orgueil qu'elle s'efforçait de ne pas laisser percer.

Elle était anémique. Sa poitrine plate n'était pas faite pour éveiller la sensualité. Néanmoins elle attirait, par ce qu'il y avait de trouble en elle, de découragé, de maladif.

— Que faisais-tu avant de travailler ici ?...

— Je suis orpheline. Mon père et mon frère ont péri en mer, sur le dundee *Trois Mages*... Ma mère était déjà morte depuis longtemps... J'ai été d'abord vendeuse à la papeterie, place de la Poste...

Que cherchait son regard inquiet ?

— Tu as un amant ?...

27

Elle détourna la tête sans rien dire et Maigret, les yeux rivés à son visage, fuma plus lentement, but une gorgée de bière.

— Il y a bien des clients qui doivent te faire la cour !... Ceux qui étaient tout à l'heure ici sont des habitués... Ils viennent chaque soir... Ils aiment les belles filles... Allons ! Lequel d'entre eux ?...

Plus pâle, elle articula avec une moue de lassitude :

— Surtout le docteur...

— Tu es sa maîtresse ?

Elle le regarda avec des velléités de confiance.

— Il en a d'autres... Quelquefois moi, quand ça lui prend... Il couche ici... Il me dit de le rejoindre dans sa chambre.

Rarement Maigret avait recueilli confession aussi plate.

— Il te donne quelque chose ?...

— Oui... Pas toujours... Deux ou trois fois, quand c'est mon jour de sortie, il m'a fait aller chez lui... Encore avant-hier... Il profite de ce que sa mère est en voyage... Mais il a d'autres filles...

— Et M. Le Pommeret ?...

— C'est la même chose... Sauf que je ne suis allée qu'une fois chez lui, il y a longtemps... Il y avait là une ouvrière de la sardinerie et... et je n'ai pas voulu !... Ils en ont de nouvelles toutes les semaines...

— M. Servières aussi ?...

— Ce n'est pas la même chose... Il est

marié. Il paraît qu'il va faire la noce à Brest...
Ici, il se contente de plaisanter, de me pincer
au passage...

Il pleuvait toujours. Très loin hululait la
corne de brume d'un bateau qui devait chercher l'entrée du port.

— Et c'est toute l'année ainsi ?...

— Pas toute l'année... L'hiver, ils sont
seuls. Quelquefois ils boivent une bouteille
avec un voyageur de commerce... Mais l'été
il y a du monde... L'hôtel est plein... Le soir,
ils sont toujours dix ou quinze à boire le
champagne ou à faire la bombe dans les villas... Il y a des autos, des jolies femmes...
Nous, on a du travail... L'été, ce n'est pas moi
qui sers, mais des garçons... Alors je suis en
bas, à la plonge...

Que cherchait-elle donc autour d'elle ?
Elle était mal d'aplomb sur le bord de sa
chaise et elle semblait prête à se dresser
d'une détente.

Une sonnerie grêle retentit. Elle regarda
Maigret, puis le tableau électrique placé derrière la caisse.

— Vous permettez ?...

Elle monta. Le commissaire entendit des
pas, un murmure confus de voix au premier,
dans la chambre du docteur.

Le pharmacien entra, un peu ivre.

— C'est fait, commissaire ! Quarante-huit
bouteilles analysées ! Et sérieusement, je
vous jure ! Aucune trace de poison ailleurs
que dans le pernod et le calvados... Le patron

n'aura qu'à faire reprendre son matériel...
Dites donc, votre avis, entre nous ?... Des
anarchistes, pas vrai ?...

Emma revenait, gagnait la rue pour poser
les volets, attendait de pouvoir fermer la
porte.

— Eh bien ?... fit Maigret quand ils furent
à nouveau seuls.

Elle détourna la tête sans répondre, avec
une pudeur inattendue, et le commissaire
eut l'impression que s'il la poussait un peu
elle fondrait en larmes.

— Bonne nuit, mon petit !... lui dit-il.

Quand le commissaire descendit, il se
croyait le premier levé, tant le ciel était obs-
curci par les nuages. De sa fenêtre, il avait
aperçu le port désert, où une grue solitaire
déchargeait un bateau de sable. Dans les
rues, quelques parapluies, des cirés fuyant
au ras des maisons.

Au milieu de l'escalier, il croisa un voyageur de commerce qui arrivait et dont un
homme de peine portait la malle.

Emma balayait la salle du bas. Sur une
table de marbre, il y avait une tasse où stag-
nait un fond de café.

— C'est mon inspecteur ? questionna
Maigret.

— Il y a longtemps qu'il m'a demandé le
chemin de la gare pour y porter un gros
paquet.

— Le docteur ?...

— Je lui ai monté son petit déjeuner... Il est malade... Il ne veut pas sortir...

Et le balai continuait à soulever la poussière mêlée de sciure de bois.

— Qu'est-ce que vous prenez ?

— Du café noir...

Elle dut passer tout près de lui pour gagner la cuisine. A ce moment, il lui prit les épaules dans ses grosses pattes, la regarda dans les yeux, d'une façon à la fois bourrue et cordiale.

— Dis donc, Emma...

Elle ne tenta qu'un mouvement timide pour se dégager, resta immobile, tremblante, à se faire aussi petite que possible.

— Entre nous, là, qu'est-ce que tu sais ?... Tais-toi !... Tu vas mentir !... Tu es une pauvre petite fille et je n'ai pas envie de te chercher des misères... Regarde-moi !... La bouteille... Hein ?... Parle, maintenant...

— Je vous jure...

— Pas la peine de jurer...

— Ce n'est pas moi !...

— Je le sais bien, parbleu, que ce n'est pas toi ! Mais qui est-ce ?...

Les paupières se gonflèrent, tout d'un coup. Des larmes jaillirent. La lèvre inférieure se souleva spasmodiquement et la fille de salle, ainsi, était tellement émouvante que Maigret cessa de la tenir.

— Le docteur... cette nuit ?...

— Non !... Ce n'était pas pour ce que vous croyez...

— Qu'est-ce qu'il voulait ?

— Il m'a demandé la même chose que vous... Il m'a menacée... Il voulait que je lui dise qui a touché à la bouteille... Il m'a presque battue... Et je ne sais pas !... Sur la tête de ma mère, je jure que...

— Apporte-moi mon café...

Il était huit heures du matin. Maigret alla acheter du tabac, fit un tour dans la ville. Quand il revint, vers dix heures, le docteur était dans le café, en pantoufles, un foulard passé autour du cou en guise de faux col. Ses traits étaient tirés, ses cheveux roux mal peignés.

— Vous n'avez pas l'air d'être dans votre assiette...

— Je suis malade... Je devais m'y attendre... Ce sont les reins... Dès qu'il m'arrive la moindre chose, une contrariété, une émotion, c'est ainsi que ça se traduit... Je n'ai pas fermé l'œil de la nuit...

Il ne quittait pas la porte du regard.

— Vous ne rentrez pas chez vous ?

— Il n'y a personne... Je suis mieux soigné ici...

Il avait fait chercher tous les journaux du matin, qui étaient sur sa table.

— Vous n'avez pas vu mes amis ?... Servières ?... Le Pommeret ?... C'est drôle qu'ils ne soient pas venus aux nouvelles...

— Bah ! sans doute dorment-ils toujours !

soupira Maigret. Au fait ! je n'ai pas aperçu cet affreux chien jaune... Emma !... Avez-vous revu le chien, vous ?... Non ?... Voici Leroy qui l'a peut-être rencontré dans la rue... Quoi de neuf, Leroy ?...

— Les flacons et les verres sont expédiés au laboratoire... Je suis passé à la gendarmerie et à la mairie... Vous parliez du chien, je crois ?... Il paraît qu'un paysan l'a vu ce matin dans le jardin de M. Michoux...

— Dans mon jardin ?...

Le docteur s'était levé. Ses mains pâles tremblaient.

— Qu'est-ce qu'il faisait dans mon jardin ?...

— A ce qu'on m'a dit, il était couché sur le seuil de la villa et, quand le paysan s'est approché, il a grogné de telle façon que l'homme a préféré prendre le large...

Maigret observait les visages du coin de l'œil.

— Dites donc, docteur, si nous allions ensemble jusque chez vous ?...

Un sourire contraint :

— Dans cette pluie ?... Avec ma crise ?... Cela me vaudrait au moins huit jours de lit... Qu'importe ce chien !... Un vulgaire chien errant, sans doute...

Maigret mit son chapeau, son manteau.

— Où allez-vous ?...

— Je ne sais pas... Respirer l'air... Vous m'accompagnez, Leroy ?...

Quand ils furent dehors, ils purent voir

encore la longue tête du docteur que les vitraux déformaient, rendaient plus longue tout en lui donnant une teinte verdâtre.

— Où allons-nous ? questionna l'inspecteur.

Maigret haussa les épaules, erra un quart d'heure durant autour des bassins, en homme qui s'intéresse aux bateaux. Arrivé près de la jetée, il tourna à droite, prit un chemin qu'un écriteau désignait comme la route des Sables Blancs.

— Si on avait analysé les cendres de cigarette trouvées dans le corridor de la maison vide... commença Leroy après un toussotement.

— Que pensez-vous d'Emma ? interrompit Maigret.

— Je... je pense... La difficulté, à mon avis, surtout dans un pays comme celui-ci, où tout le monde se connaît, doit être de se procurer une telle quantité de strychnine...

— Je ne vous demande pas cela... Est-ce que, par exemple, vous deviendriez volontiers son amant ?...

Le pauvre inspecteur ne trouva rien à répondre. Et Maigret l'obligea à s'arrêter et à ouvrir son manteau pour lui permettre d'allumer sa pipe à l'abri du vent.

La plage des Sables Blancs, bordée de quelques villas, et, entre autres, d'une somptueuse demeure méritant le nom de château

34

et appartenant au maire de la ville, s'étire entre deux pointes rocheuses, à trois kilomètres de Concarneau.

Maigret et son compagnon pataugèrent dans le sable couvert de goémon, regardèrent à peine les maisons vides, aux volets clos.

Au-delà de la plage, le terrain s'élève. Des roches à pic couronnées de sapins plongent dans la mer.

Un grand panneau : *Lotissement des Sables Blancs*. Un plan, avec, en teintes différentes, les parcelles déjà vendues et les parcelles disponibles. Un kiosque en bois : *Bureau de vente des terrains*.

Enfin la mention : *En cas d'absence, s'adresser à M. Ernest Michoux, administrateur*.

L'été, tout cela doit être riant, repeint à neuf. Dans la pluie et la boue, dans le tintamarre du ressac, c'était plutôt sinistre.

Au centre, une grande villa neuve, en pierres grises, avec terrasse, pièce d'eau et parterres non encore fleuris.

Plus loin, les ébauches d'autres villas : quelques pans de murs surgissant du sol et dessinant déjà les pièces...

Il manquait des vitres au kiosque. Des tas de sable attendaient d'être étalés sur la nouvelle route qu'un rouleau compresseur barrait à moitié. Au sommet de la falaise, un hôtel, ou plutôt un futur hôtel, inachevé, aux murs d'un blanc cru, aux fenêtres closes à l'aide de planches et de carton.

Maigret s'avança tranquillement, poussa la barrière donnant accès à la villa du docteur Michoux. Quand il fut sur le seuil et qu'il tendit la main vers le bouton de la porte, l'inspecteur Leroy murmura :

— Nous n'avons pas de mandat !... Ne croyez-vous pas que... ?

Une fois de plus, son chef haussa les épaules. Dans les allées, on voyait les traces profondes laissées par les pattes du chien jaune. Il y avait d'autres empreintes : celles de pieds énormes, chaussés de souliers à clous. Du quarante-six pour le moins !

Le bouton tourna. La porte s'ouvrit comme par enchantement et on put relever sur le tapis les mêmes traces boueuses : celles du chien et des fameux souliers.

La villa, d'une architecture compliquée, était meublée d'une façon prétentieuse. Ce n'était partout que recoins, avec des divans, des bibliothèques basses, des lits clos bretons transformés en vitrines, des petites tables turques ou chinoises. Beaucoup de tapis, de tentures !

La volonté manifeste de réaliser, avec de vieilles choses, un ensemble rustico-moderne.

Quelques paysages bretons. Des nus signés, dédicacés : *Au bon ami Michoux*... Voire : *A l'ami des artistes*...

Le commissaire regardait ce bric-à-brac d'un air grognon, tandis que l'inspecteur

Leroy n'était pas sans se laisser impressionner par cette fausse distinction.

Et Maigret ouvrait les portes, jetait un coup d'œil dans les chambres. Certaines n'étaient pas meublées. Le plâtre des murs était à peine sec.

Il finit par pousser une porte du pied et il eut un murmure de satisfaction en apercevant la cuisine. Sur la table de bois blanc, il y avait deux bouteilles à bordeaux vides.

Une dizaine de boîtes de conserve avaient été ouvertes grossièrement, avec un couteau quelconque. La table était sale, graisseuse. On avait mangé, à même les boîtes, des harengs au vin blanc, du cassoulet froid, des cèpes et des abricots.

Le sol était maculé. Il y traînait des restes de viande. Une bouteille de fine champagne était cassée et l'odeur d'alcool se mêlait à celle des aliments.

Maigret regarda son compagnon avec un drôle de sourire.

— Vous croyez, Leroy, que c'est le docteur qui a fait ce repas de cochon ?...

Et comme l'autre, sidéré, ne répondait pas :

— Sa maman non plus, je l'espère !... Ni même la domestique !... Tenez !... Vous qui aimez les empreintes... Ce sont plutôt des croûtes de boue, qui dessinent une semelle... Pointure quarante-cinq ou quarante-six... Et les traces du chien !...

Il bourra une nouvelle pipe, prit des allumettes au soufre sur une étagère.

— Relevez-moi tout ce qu'il y a à relever ici dedans !... Ce n'est pas la besogne qui manque... A tout à l'heure !...

Il s'en alla, les deux mains dans les poches, le col du pardessus relevé, le long de la plage des Sables Blancs.

Quand il pénétra à l'*Hôtel de l'Amiral*, la première personne qu'il aperçut fut, dans son coin, le docteur Michoux, toujours en pantoufles, non rasé, son foulard autour du cou.

Le Pommeret, aussi correct que la veille, était assis à côté de lui et les deux hommes laissèrent avancer le commissaire sans mot dire.

Ce fut le docteur qui articula enfin d'une voix mal timbrée :

— Vous savez ce qu'on m'annonce ?... Servières a disparu... Sa femme est à moitié folle... Il nous a quittés hier au soir... Depuis lors, on ne l'a pas revu...

Maigret eut un haut-le-corps, non pas à cause de ce qu'on lui disait, mais parce qu'il venait d'apercevoir le chien jaune, couché aux pieds d'Emma.

3

La peur règne à Concarneau

Le Pommeret éprouvait le besoin de confirmer, pour le plaisir de s'entendre parler :

— Elle est venue chez moi tout à l'heure en me suppliant de faire des recherches... Servières, qui de son vrai nom s'appelle Goyard, est un vieux camarade...

Du chien jaune, le regard de Maigret passa à la porte qui s'ouvrait, au marchand de journaux qui entrait en coup de vent et enfin à une manchette en caractères gras qu'on pouvait lire de loin :

La peur règne à Concarneau

Des sous-titres disaient ensuite :

Un drame chaque jour

Disparition de notre collaborateur
Jean Servières
Des taches de sang dans sa voiture
A qui le tour ?

Maigret retint par la manche le gamin aux journaux.

— Tu en as vendu beaucoup ?

— Dix fois plus que les autres jours. Nous sommes trois à courir depuis la gare...

Relâché, le gosse reprit sa course le long du quai en criant :

— *Le Phare de Brest*... Numéro sensationnel...

Le commissaire n'avait pas eu le temps de commencer l'article qu'Emma annonçait :

— On vous demande au téléphone...

Une voix furieuse, celle du maire :

— Allô ! c'est vous, commissaire, qui avez inspiré cet article stupide ?... Et je ne suis même pas au courant !... J'entends, n'est-ce pas ? être informé le premier de ce qui se passe dans la ville dont je suis le maire !... Quelle est cette histoire d'auto ?... Et cet homme aux grands pieds ?... Depuis une demi-heure, j'ai reçu plus de vingt coups de téléphone de gens affolés qui me demandent si ces nouvelles sont exactes... Je vous répète que je veux que, désormais...

Maigret, sans broncher, raccrocha, rentra dans le café, s'assit et commença à lire. Michoux et Le Pommeret parcouraient des

40

yeux un même journal posé sur le marbre de la table.

Notre excellent collaborateur Jean Servières a raconté ici même les événements dont Concarneau a été récemment le théâtre. C'était vendredi. Un honorable négociant de la ville, M. Mostaguen, sortait de l'Hôtel de l'Amiral, s'arrêtait sur un seuil pour allumer un cigare et recevait dans le ventre une balle tirée à travers la boîte aux lettres de la maison, une maison inhabitée.

Samedi, le commissaire Maigret, récemment détaché de Paris et placé à la tête de la Brigade Mobile de Rennes, arrivait sur les lieux, ce qui n'empêchait pas un nouveau drame de se produire.

Le soir, en effet, un coup de téléphone nous annonçait qu'au moment de prendre l'apéritif trois notables de la ville, MM. Le Pommeret, Jean Servières et le docteur Michoux, à qui s'étaient joints les enquêteurs, s'apercevaient que le pernod qui leur était servi contenait une forte dose de strychnine.

Or, ce dimanche matin, l'auto de Jean Servières a été retrouvée près de la rivière Saint-Jacques sans son propriétaire qui, depuis samedi soir, n'a pas été vu.

Le siège avant est maculé de sang. Une glace est brisée et tout laisse supposer qu'il y a eu lutte.

Trois jours : trois drames ! On conçoit que la terreur commence à régner à Concarneau

41

dont les habitants se demandent avec angoisse qui sera la nouvelle victime.

Le trouble est particulièrement jeté dans la population par la mystérieuse présence d'un chien jaune que nul ne connaît, qui semble n'avoir pas de maître et que l'on rencontre à chaque nouveau malheur.

Ce chien n'a-t-il pas déjà conduit la police vers une piste sérieuse ? Et ne recherche-t-on pas un individu qui n'a pas été identifié mais qui a laissé à divers endroits des traces curieuses, celles de pieds beaucoup plus grands que la moyenne ?

Un fou ?... Un rôdeur ?... Est-il l'auteur de tous ces méfaits ?... A qui va-t-il s'attaquer ce soir ?...

Sans doute rencontrera-t-il à qui parler, car les habitants effrayés prendront la précaution de s'armer et de tirer sur lui à la moindre alerte.

En attendant, ce dimanche, la ville est comme morte et l'atmosphère rappelle les villes du Nord quand, pendant la guerre, on annonçait un bombardement aérien.

Maigret regarda à travers les vitres. Il ne pleuvait plus, mais les rues étaient pleines de boue noire et le vent continuait à souffler avec violence. Le ciel était d'un gris livide.

Des gens revenaient de la messe. Presque tous avaient *Le Phare de Brest* à la main. Et tous les visages se tournaient vers l'*Hôtel de*

42

l'*Amiral* tandis que maints passants pressaient le pas.

Il y avait certes quelque chose de mort dans la ville. Mais n'en était-il pas ainsi tous les dimanches matin ? La sonnerie du téléphone résonna à nouveau. On entendit Emma qui répondait :

— Je ne sais pas, monsieur... Je ne suis pas au courant... Voulez-vous que j'appelle le commissaire ?... Allô !... Allô !... On a coupé...

— Qu'est-ce que c'est ? grogna Maigret.

— Un journal de Paris, je crois... On demande s'il y a de nouvelles victimes... On a retenu une chambre...

— Appelez-moi *Le Phare de Brest* à l'appareil.

En attendant, il marcha de long en large, sans jeter un coup d'œil au docteur affalé sur sa chaise, ni à Le Pommeret qui contemplait ses doigts lourdement bagués.

— Allô... *Le Phare de Brest* ?... Commissaire Maigret... Le directeur, s'il vous plaît !... Allô !... C'est lui ?... Bon ! Voulez-vous me dire à quelle heure votre canard est sorti de presse ce matin ?... Hein ?... Neuf heures et demie ?... Et qui a rédigé l'article au sujet des drames de Concarneau ?... Ah ! non ! pas d'histoires, hein !... Vous dites ?... Vous avez reçu cet article sous enveloppe ?... Pas de signature ?... Et vous publiez ainsi n'importe quelle information anonyme qui vous parvient ?... Je vous salue !...

Il voulut sortir par la porte qui s'ouvrait directement sur le quai et la trouva fermée.

— Qu'est-ce que cela signifie ? demanda-t-il à Emma en la regardant dans les yeux.

— C'est le docteur...

Il fixa Michoux, qui avait une tête plus oblique que jamais, haussa les épaules, sortit par l'autre porte, celle de l'hôtel. La plupart des magasins avaient leurs volets clos. Les gens, endimanchés, marchaient vite.

Au-delà du bassin, où des bateaux tiraient sur leur ancre, Maigret trouva l'entrée de la rivière Saint-Jacques, tout au bout de la ville, là où les maisons se raréfient pour faire place à des chantiers navals. On voyait des bateaux inachevés sur le quai. De vieilles barques pourrissaient dans la vase.

A l'endroit où un pont de pierre enjambe la rivière qui vient se jeter dans le port, il y avait un groupe de curieux, entourant une petite auto.

Il fallait faire un détour pour y arriver, car les quais étaient barrés par des travaux. Maigret se rendit compte, aux regards qu'on lui lança, que tout le monde le connaissait déjà. Et, sur le seuil des boutiques fermées, il vit des gens inquiets qui parlaient bas.

Il atteignit enfin la voiture abandonnée au bord de la route, ouvrit la portière d'un geste brusque, fit choir des éclats de verre et n'eut pas besoin de chercher pour relever des taches brunes sur le drap du siège.

44

Autour de lui se pressaient surtout des gamins et des jeunes gens farauds.

— La maison de M. Servières ?...

Ils furent dix à l'y conduire. C'était à trois cents mètres, un peu à l'écart, une maison bourgeoise entourée d'un jardin. L'escorte s'arrêta à la grille tandis que Maigret sonnait, était introduit par une petite bonne au visage bouleversé.

— Mme Servières est ici ?

Elle ouvrait déjà la porte de la salle à manger.

— Dites, commissaire !... Croyez-vous qu'on l'ait tué ?... Je suis folle... Je...

Une brave femme, d'une quarantaine d'années, aux allures de bonne ménagère, que confirmait la propreté de son intérieur.

— Vous n'avez pas revu votre mari depuis... ?

— Il est venu dîner hier au soir... J'ai remarqué qu'il était préoccupé, mais il n'a rien voulu me dire... Il avait laissé la voiture devant la porte, ce qui signifiait qu'il sortait le soir... Je savais que c'était pour faire sa partie de cartes au *Café de l'Amiral*... Je lui ai demandé s'il rentrerait tard... A dix heures, je me suis couchée... Longtemps je suis restée éveillée... J'ai entendu sonner onze heures, puis onze heures et demie... Mais il lui arrivait souvent de rentrer très tard... J'ai dû m'endormir... Je me suis réveillée au milieu de la nuit... J'ai été étonnée de ne pas le sentir à côté de moi... Alors, j'ai pensé que

45

quelqu'un l'avait entraîné à Brest... Ici, ce n'est pas gai... Alors, parfois... Je ne pouvais pas me rendormir... Dès cinq heures du matin, j'étais debout, à guetter derrière la fenêtre... Il n'aime pas que j'aie l'air de l'attendre, et encore moins que je m'informe de lui... A neuf heures, j'ai couru chez M. Le Pommeret... C'est en revenant par un autre chemin que j'ai vu des gens autour de l'auto... Dites ! Pourquoi l'aurait-on tué ?... C'est le meilleur homme de la terre... Je suis sûre qu'il n'a pas d'ennemis...

Un groupe stationnait devant la grille.

— Il paraît qu'il y a des taches de sang... J'ai vu des gens lire un journal, mais personne n'a voulu me le montrer...

— Votre mari avait beaucoup d'argent sur lui ?...

— Je ne crois pas... Comme toujours !... Trois ou quatre centaines de francs...

Maigret promit de la tenir au courant, se donna même la peine de la rassurer par des phrases vagues. Une odeur de gigot arrivait de la cuisine. La bonne en tablier blanc le reconduisit jusqu'à la porte.

Le commissaire n'avait pas fait cent mètres dehors qu'un passant s'approchait vivement de lui.

— Excusez-moi, commissaire... Je me présente... M. Dujardin, instituteur... Depuis une heure, des gens, les parents de mes élèves surtout, viennent me demander s'il y a quelque chose de vrai dans ce que raconte le journal... Certains veulent savoir si, au cas où ils verraient l'homme aux grands pieds, ils ont le droit de tirer...

Maigret n'était pas un ange de patience. Il grommela en enfonçant les deux mains dans ses poches :

— F...ez-moi la paix !

Et il s'achemina vers le centre de la ville.

C'était idiot ! Il n'avait jamais vu pareille chose. Cela rappelait les orages tels qu'on les représente parfois au cinéma. On montre une rue riante, un ciel serein. Puis un nuage glisse en surimpression, cache le soleil. Un vent violent balaie la rue. Eclairage glauque. Volets qui claquent. Tourbillons de poussière. Larges gouttes d'eau.

Et voilà la rue sous une pluie battante, sous un ciel dramatique !

Concarneau changeait à vue d'œil. L'article du *Phare de Brest* n'avait été qu'un point de départ. Depuis longtemps les commentaires verbaux dépassaient grandement la version écrite.

Et c'était dimanche par surcroît ! Les habitants n'avaient rien à faire ! On les voyait choisir comme but de promenade l'auto de Jean Servières, près de laquelle il fallut poster deux agents. Les badauds restaient là une heure, à écouter les explications données par les mieux renseignés.

Quand Maigret rentra à l'*Hôtel de l'Amiral*, le patron à toque blanche, en proie à une nervosité inaccoutumée, l'accrocha par la manche.

— Il faut que je vous parle, commissaire... Cela devient intenable...

— Vous allez avant tout me servir à déjeuner...

— Mais...

Maigret alla s'asseoir dans un coin, rageur, commanda :

— Un demi !... Vous n'avez pas vu mon inspecteur ?...

— Il est sorti... Je crois qu'il a été appelé chez M. le maire... On vient de téléphoner de Paris... Un journal a retenu deux chambres, pour un reporter et un photographe...

— Le docteur ?...

— Il est là-haut... Il a recommandé de ne laisser monter personne...

— Et M. Le Pommeret ?...

— Il vient de partir...

Le chien jaune n'était plus là. Des jeunes gens, une fleur à la boutonnière, les cheveux raides de cosmétique, étaient attablés, mais ne buvaient pas les limonades qu'ils avaient commandées. Ils étaient venus pour voir. Ils étaient tout fiers d'avoir eu ce courage.

— Viens ici, Emma...

Il y avait une sorte de sympathie innée entre la fille de salle et le commissaire. Elle vint vers lui avec abandon, se laissa entraîner dans un coin.

— Tu es sûre que le docteur n'est pas sorti cette nuit ?...

48

— Je vous jure que je n'ai pas couché dans sa chambre...

— Il a pu sortir ?...

— Je ne le crois pas... Il a peur... Ce matin, c'est lui qui m'a fait fermer la porte qui donne sur le quai...

— Comment ce chien jaune te connaît-il ?...

— Je ne sais pas... Je ne l'ai jamais vu... Il vient... Il repart... Je me demande même qui lui donne à manger...

— Il y a longtemps qu'il est reparti ?...

— Je n'ai pas fait attention...

L'inspecteur Leroy rentrait, nerveux.

— Vous savez, commissaire, que le maire est furieux... Et c'est quelqu'un de haut placé !... Il m'a dit qu'il est le cousin du garde des Sceaux... Il prétend que nous battons le beurre, que nous ne sommes bons qu'à jeter la panique dans la ville... Il veut qu'on arrête quelqu'un, n'importe qui, pour rassurer la population... Je lui ai promis de vous en parler... Il m'a répété que notre carrière à tous les deux n'avait jamais été aussi compromise...

Maigret gratta posément le fourneau de sa pipe.

— Qu'est-ce que vous allez faire ?

— Rien du tout...

— Pourtant...

— Vous êtes jeune, Leroy ! Vous avez relevé des empreintes intéressantes dans la villa du docteur ?...

— J'ai tout envoyé au laboratoire... Les verres, les boîtes à conserve, le couteau... J'ai même fait un moulage en plâtre des traces de l'homme et de celles du chien... Cela a été difficile, car le plâtre d'ici est mauvais... Vous avez une idée ?...

Pour toute réponse, Maigret tira un carnet de sa poche et l'inspecteur lut, de plus en plus dérouté :

« *Ernest Michoux* (dit : le docteur). — Fils d'un petit industriel de Seine-et-Oise qui a été député pendant une législature et qui, ensuite, a fait faillite. Le père est mort. La mère est intrigante. A essayé, avec son fils, d'exploiter un lotissement à Juan-les-Pins. Echec complet. A recommencé à Concarneau. Monté société anonyme, grâce au nom du défunt mari. N'a pas fait d'apport de capitaux. Essaie d'obtenir actuellement que les frais de viabilité du lotissement soient payés par la commune et le département.

» Ernest Michoux a été marié, puis divorcé. Son ancienne femme est devenue l'épouse d'un notaire de Lille.

» Type de dégénéré. Echéances difficiles. »

L'inspecteur regarda son chef avec l'air de dire :

— Et après ?

Maigret lui montra les lignes suivantes.

« *Yves Le Pommeret*. — Famille Le Pommeret. Son frère Arthur dirige la plus grosse fabrique de boîtes à conserve de Concarneau. Petite noblesse. Yves Le Pommeret est le beau garçon de la famille. N'a jamais travaillé. A mangé, il y a longtemps, le plus gros de son héritage à Paris. Est venu s'installer à Concarneau quand il n'a plus eu que vingt mille francs de rente. Parvient à faire figure de notable quand même, en cirant lui-même ses chaussures. Nombreuses aventures avec de petites ouvrières. Quelques scandales ont dû être étouffés. Chasse dans tous les châteaux des environs. Porte beau. Est arrivé par relations à se faire nommer vice-consul du Danemark. Brigue la Légion d'honneur. Tape parfois son frère pour payer ses dettes.

» *Jean Servières* (pseudonyme de Jean Goyard). — Né dans le Morbihan. Longtemps journaliste à Paris, secrétaire général de petits théâtres, etc. A fait un modeste héritage et s'est installé à Concarneau. A épousé une ancienne ouvreuse, qui était sa maîtresse depuis quinze ans. Train de maison bourgeois. Quelques frasques à Brest et à Nantes. Vit plutôt de petites rentes que du journalisme dont il est très fier. Palmes académiques. »

— Je ne comprends pas ! balbutia l'inspecteur.

— Parbleu ! Donnez-moi vos notes...

— Mais... qui vous a dit que je... ?

— Donnez...

Le carnet du commissaire était un petit carnet à dix sous, en papier quadrillé, avec couverture de toile cirée. Celui de l'inspecteur Leroy était un agenda à pages mobiles, monté sur acier.

L'air paterne, Maigret lut :

« 1. — AFFAIRE MOSTAGUEN : la balle qui a atteint le négociant en vins était certainement destinée à un autre. Comme on ne pouvait prévoir que quelqu'un s'arrêterait sur le seuil, *on devait avoir donné à cet endroit un rendez-vous à la vraie victime, qui n'est pas venue, ou qui est venue trop tard.*

» A moins que le but soit de terroriser la population. *Le meurtrier connaît à merveille Concarneau.* (Omis analyser cendres de cigarette trouvées dans le corridor.)

» 2. — AFFAIRE DU PERNOD EMPOISONNÉ : en hiver, le *Café de l'Amiral* est désert presque toute la journée. Un homme au courant de ce détail a pu entrer et verser le poison dans les bouteilles. Dans deux bouteilles. Donc on visait spécialement les consommateurs de pernod et de calvados. (A noter pourtant que le docteur a remarqué à temps et sans peine les grains de poudre blanche sur le liquide.)

» 3. — AFFAIRE DU CHIEN JAUNE : il connaît le *Café de l'Amiral*. Il a un maître. Mais qui ? Paraît âgé de cinq ans au moins.

» 4. — AFFAIRE SERVIÈRES : découvrir par expertise de l'écriture qui a envoyé article au *Phare de Brest*. »

Maigret sourit, rendit l'agenda à son compagnon, laissa tomber :

— Très bien, petit...

Puis il ajouta, avec un regard maussade

aux silhouettes de curieux qu'on apercevait sans cesse à travers les vitraux verts :

— Allons manger !

Emma devait leur annoncer un peu plus tard, alors qu'ils étaient seuls dans la salle à manger avec le voyageur de commerce arrivé le matin, que le docteur Michoux, dont l'état avait empiré, demandait qu'on lui servît dans sa chambre un repas léger.

L'après-midi, le *Café de l'Amiral*, avec ses petits carreaux glauques, fut comme une cage du Jardin des Plantes devant laquelle les curieux endimanchés défilent. Et on les voyait se diriger ensuite vers le fond du port, où la voiture de Servières était une seconde attraction gardée par deux policiers.

Le maire téléphona trois fois, de sa somptueuse villa des Sables Blancs.

— Vous avez procédé à une arrestation ?...

C'est à peine si Maigret se donnait la peine de répondre. La jeunesse de dix-huit à vingt-cinq ans envahit le café. Des groupes bruyants, qui prenaient possession d'une table, commandaient des consommations qu'on ne buvait pas.

Ils n'étaient pas de cinq minutes dans le café que les répliques s'espaçaient, que les rires mouraient, que le bluff faisait place à la gêne. Et ils s'en allaient les uns après les autres.

La différence fut plus sensible quand on

dut allumer les lampes. Il était quatre heures. D'habitude, la foule continue à circuler.

Ce soir-là, ce fut le désert, et un silence de mort. On eût dit que tous les promeneurs s'étaient donné le mot. En moins d'un quart d'heure, les rues se vidèrent et quand des pas résonnaient c'étaient les pas précipités d'un passant anxieux de se mettre à l'abri chez lui.

Emma était accoudée à la caisse. Le patron allait de sa cuisine au café, où Maigret s'obstinait à ne pas écouter ses doléances.

Ernest Michoux descendit, vers quatre heures et demie, toujours en pantoufles. Sa barbe avait poussé. Son foulard de soie crème était maculé de sueur.

— Vous êtes là, commissaire ?...

Cela parut le rassurer.

— Et votre inspecteur ?...

— Je l'ai envoyé faire un tour en ville...

— Le chien ?...

— On ne l'a pas revu depuis ce matin...

Le plancher était gris, le marbre des tables d'un blanc cru veiné de bleu. A travers les vitraux, on devinait l'horloge lumineuse de la vieille ville qui marquait cinq heures moins dix.

— On ne sait toujours pas qui a écrit cet article ?...

Le journal était sur la table. Et on finissait par ne plus voir que quatre mots :

A qui le tour ?

54

La sonnerie du téléphone vibra, Emma répondit :

— Non... Rien... Je ne sais rien...

— Qui est-ce ? s'informa Maigret.

— Encore un journal de Paris... Il paraît que les rédacteurs arrivent en voiture...

Elle n'avait pas achevé sa phrase que la sonnerie résonnait à nouveau.

— C'est pour vous, commissaire...

Le docteur, tout pâle, suivit Maigret des yeux.

— Allô !... Qui est à l'appareil ?...

— Leroy... Je suis dans la vieille ville, près du passage d'eau... On a tiré un coup de feu... Un cordonnier, qui a aperçu de sa fenêtre le chien jaune...

— Mort ?...

— Blessé ! les reins cassés... C'est à peine si l'animal peut se traîner... Les gens n'osent pas en approcher... Je vous téléphone d'un café... La bête est au milieu de la rue... Je la vois à travers la vitre... Elle hurle... Qu'est-ce que je dois faire ?...

Et la voix que l'inspecteur eût voulue calme était anxieuse, comme si ce chien jaune blessé eût été un être surnaturel.

— Il y a des gens à toutes les fenêtres... Dites, commissaire, est-ce qu'il faut l'achever ?

Le docteur, le teint plombé, était debout derrière Maigret, questionnait timidement :

— Qu'est-ce que c'est ?... Qu'est-ce qu'il dit ?...

Et le commissaire voyait Emma accoudée au comptoir, le regard vague.

4

PC de Compagnie

Maigret traversa le pont-levis, franchit la ligne des remparts, s'engagea dans une rue irrégulière et mal éclairée. Ce que les Concarnois appellent la ville close, c'est-à-dire le vieux quartier encore entouré de ses murailles, est une des parties les plus populeuses de la cité.

Et pourtant, alors que le commissaire avançait, il pénétrait dans une zone de silence de plus en plus équivoque. Le silence d'une foule qu'hypnotise un spectacle et qui frémit, qui a peur ou qui s'impatiente.

Quelques voix isolées d'adolescents décidés à crâner.

Un tournant encore et le commissaire découvrit la scène : la ruelle étroite, avec des gens à toutes les fenêtres ; des chambres éclairées au pétrole ; des lits entrevus ; un groupe barrant le passage, et, au-delà de ce groupe, un grand vide d'où montait un râle.

Maigret écarta les spectateurs, des jeunes gens pour la plupart, surpris de son arrivée. Deux d'entre eux étaient encore occupés à jeter des pierres dans la direction du chien. Leurs compagnons voulurent arrêter leur geste. On entendit, ou plutôt on devina :

— Attention !...

Et un des lanceurs de pierres rougit jusqu'aux oreilles tandis que Maigret le poussait vers la gauche, s'avançait vers l'animal blessé. Le silence, déjà, était d'une autre qualité. Il était évident que quelques instants plus tôt une ivresse malsaine animait les spectateurs, hormis une vieille qui criait de sa fenêtre :

— C'est honteux !... Vous devriez leur dresser procès-verbal, commissaire !... Ils sont tous à s'acharner sur cette pauvre bête... Et je sais bien pourquoi, moi !... Parce qu'ils en ont peur.

Le cordonnier qui avait tiré rentra, gêné, dans sa boutique. Maigret se baissa pour caresser la tête du chien qui lui lança un regard étonné, pas encore reconnaissant. L'inspecteur Leroy sortait du café d'où il avait téléphoné. Des gens s'éloignaient à regret.

— Qu'on amène une charrette à bras...

Les fenêtres se fermaient les unes après les autres, mais on devinait des ombres curieuses derrière les rideaux. Le chien était sale, ses poils drus maculés de sang. Il avait le ventre boueux, la truffe sèche et brûlante. Maintenant qu'on s'occupait de lui, il reprenait confiance, n'essayait plus de se traîner sur le sol où vingt gros cailloux l'encadraient.

— Où faut-il le conduire, commissaire ?...

— A l'hôtel... Doucement... Mettez de la paille dans le fond de la charrette...

Ce cortège aurait pu être ridicule. Il fut impressionnant, par la magie de l'angoisse qui, depuis le matin, n'avait cessé de s'épaissir. La charrette, poussée par un vieux, sauta sur les pavés, le long de la rue aux tournants nombreux, franchit le pont-levis, et personne n'osa le suivre. Le chien jaune respirait avec force, étirait ses quatre pattes à la fois dans un spasme.

Maigret remarqua une auto qu'il n'avait pas encore vue en face de l'*Hôtel de l'Amiral*. Quand il poussa la porte du café, il constata que l'atmosphère avait changé.

Un homme le bouscula, vit le chien qu'on soulevait, braqua sur lui un appareil photographique et fit jaillir un éclair de magnésium. Un autre, en culotte de golf, en chandail rouge, un carnet à la main, toucha sa casquette.

— Commissaire Maigret ?... Vasco, du *Journal*... J'arrive à l'instant et j'ai déjà eu la chance de rencontrer monsieur...

Il désignait Michoux assis dans un coin, adossé à la banquette de moleskine.

— La voiture du *Petit Parisien* nous suit...
Elle a eu une panne à dix kilomètres d'ici...

Emma questionnait le commissaire.

— Où voulez-vous qu'on le mette ?

— Il n'y a pas de place pour lui dans la maison ?...

— Oui... près de la cour... Un réduit où l'on entasse les bouteilles vides...

— Leroy !... Téléphonez à un vétérinaire...

Une heure plus tôt, c'était le vide, un silence plein de réticences. Maintenant, le photographe, en trench-coat presque blanc, bousculait tables et chaises, s'écriait :

— Un instant... Ne bougez pas, s'il vous plaît... Tournez la tête du chien par ici...

Et le magnésium fulgurait.

— Le Pommeret ? questionna Maigret en s'adressant au docteur.

— Il est sorti un peu après vous... Le maire a encore téléphoné... Je pense qu'il va venir...

A neuf heures du soir, c'était une sorte de quartier général. Deux nouveaux reporters étaient arrivés. L'un rédigeait son papier à une table du fond. De temps en temps un photographe descendait de sa chambre.

— Vous n'auriez pas de l'alcool à 90 degrés ? Il m'en faut absolument pour sécher les pellicules... Le chien est prodigieux !... Vous dites qu'il y a une pharmacie à côté ?... Fermée ?... Peu importe...

Dans le corridor, où se trouvait l'appareil téléphonique, un journaliste dictait son papier d'une voix indifférente.

— Maigret, oui... *M* comme Maurice... *A* comme Arthur... Oui... *I* comme Isidore... Prenez tous les noms à la fois... Michoux... *M*... *I*... choux, comme chou... Comme chou de Bruxelles... Mais non, pas comme pou... Attendez... Je vous donne les titres... Cela passera dans la une ?... Si !... Dites au patron qu'il faut que ça passe en première page...

Dérouté, l'inspecteur Leroy cherchait sans cesse Maigret des yeux comme pour se raccrocher à lui. Dans un coin, l'unique voyageur de commerce préparait sa tournée du lendemain à l'aide du Bottin des départements. De temps en temps il appelait Emma.

— Chauffier... C'est une quincaillerie importante ?... Merci...

Le vétérinaire avait extrait la balle et entouré l'arrière-train du chien d'un pansement roide.

— Ces bêtes-là, ça a la vie tellement dure !...

On avait étendu une vieille couverture sur de la paille, dans le réduit dallé de granit bleu qui s'ouvrait à la fois sur la cour et sur l'escalier de la cave. Le chien était couché là, tout seul, à dix centimètres d'un morceau de viande auquel il ne touchait pas.

Le maire était venu, en auto. Un vieillard à barbiche blanche, très soigné, aux gestes secs. Il avait sourcillé en pénétrant dans cette atmosphère de corps de garde, ou plus exactement de PC de Compagnie.

— Qui sont ces messieurs ?

— Des journalistes de Paris...

Le maire était à cran.

— Magnifique ! Si bien que demain c'est dans toute la France qu'on parlera de cette stupide histoire !... Vous n'avez toujours rien trouvé ?...

— L'enquête continue ! grogna Maigret du même ton qu'il eût déclaré : « Cela ne vous regarde pas ! »

Car il y avait de l'irritabilité dans l'air. Chacun avait les nerfs à fleur de peau.

— Et vous, Michoux, vous ne rentrez pas chez vous ?...

Le regard du maire était méprisant, accusait le docteur de lâcheté.

— A ce train-là, c'est la panique générale dans les vingt-quatre heures... Ce qu'il fallait, je l'ai dit, c'était une arrestation, n'importe laquelle...

Et il souligna ces derniers mots d'un regard lancé à Emma.

— Je sais que je n'ai pas d'ordres à vous donner... Quant à la police locale, vous ne lui avez laissé qu'un rôle dérisoire... Mais je vous dis ceci : encore un drame, un seul, et ce sera la catastrophe... Les gens s'attendent à quelque chose... Des boutiques qui, les autres dimanches, restent ouvertes jusqu'à neuf heures ont fermé leurs volets... Ce stupide article du *Phare de Brest* a épouvanté la population...

Le maire n'avait pas retiré son chapeau melon de la tête et il l'enfonça davantage en s'en allant après avoir recommandé :

— Je vous serais obligé de me tenir au courant, commissaire... Et je vous rappelle que tout ce qui se fait en ce moment se fait sous votre responsabilité...

— Un demi, Emma ! commanda Maigret.

On ne pouvait pas empêcher les journalistes de descendre à l'*Hôtel de l'Amiral*, ni de s'installer dans le café, de téléphoner, de remplir la maison de leur agitation bruyante. Ils réclamaient de l'encre, du papier. Ils interrogeaient Emma qui montrait un pauvre visage effaré.

Dehors, la nuit noire, avec un rayon de lune qui soulignait le romantisme d'un ciel chargé de lourds nuages au lieu de l'éclairer. Et cette boue qui collait à toutes les chaussures, car Concarneau ne connaît pas encore les rues pavées !

— Le Pommeret vous a dit qu'il reviendrait ? lança Maigret à Michoux.

— Oui... Il est allé dîner chez lui...

— L'adresse ?... demanda un journaliste qui n'avait plus rien à faire.

Le docteur la lui donna, tandis que le commissaire haussait les épaules, attirait Leroy dans un coin.

— Vous avez l'original de l'article paru ce matin ?...

— Je viens de le recevoir... Il est dans ma chambre... Le texte est écrit de la main gauche, par quelqu'un qui craignait donc que son écriture fût reconnue...

— Pas de timbre ?

— Non ! La lettre a été jetée dans la boîte du journal... Sur l'enveloppe figure la mention : *extrême urgence*...

— Si bien qu'à huit heures du matin au plus tard quelqu'un connaissait la disparition de Jean Servières, savait que l'auto était ou serait abandonnée près de la rivière Saint-Jacques et qu'on relèverait des traces de sang sur le siège... Et ce quelqu'un, par surcroît, n'ignorait pas que l'on découvrirait quelque part les empreintes d'un inconnu aux grands pieds...

— C'est incroyable ! soupira l'inspecteur. Quant à ces empreintes, je les ai expédiées au Quai des Orfèvres par bélinographe. Ils ont déjà consulté les sommiers. J'ai la réponse : elles ne correspondent à aucune fiche de malfaiteur...

Il n'y avait pas à s'y tromper : Leroy se laissait gagner par la peur ambiante. Mais le plus intoxiqué, si l'on peut dire, par ce virus, était Ernest Michoux, dont la silhouette était d'autant plus falote qu'elle contrastait avec la tenue sportive, les gestes désinvoltes et l'assurance des journalistes.

Il ne savait où se mettre. Maigret lui demanda :

— Vous ne vous couchez pas ?...

— Pas encore... Je ne m'endors jamais avant une heure du matin...

Il s'efforçait d'esquisser un sourire raté qui montrait deux dents en or.

— Franchement, qu'est-ce que vous pensez ?

L'horloge lumineuse de la vieille ville égrena dix coups. On appela le commissaire au téléphone. C'était le maire.

— Rien encore ?...

Est-ce qu'il s'attendait, lui aussi, à un drame ?

Mais, au fait, Maigret ne s'y attendait-il pas lui-même ? Le front têtu, il alla rendre visite au chien jaune qui s'était assoupi et qui, sans peur, ouvrit un œil et le regarda s'avancer. Le commissaire lui caressa la tête, poussa un peu de paille sous les pattes.

Il aperçut le patron derrière lui.

— Vous croyez que ces messieurs de la presse vont rester longtemps ?... Parce qu'il faudrait dans ce cas que je songe aux provisions... C'est demain à six heures le marché...

Quand on n'était pas habitué à Maigret, c'était déroutant, en pareil cas, de voir ses gros yeux vous fixer au front comme sans vous voir, puis de l'entendre grommeler quelque chose d'inintelligible en s'éloignant, avec l'air de vous tenir pour quantité négligeable.

Le reporter du *Petit Parisien* rentrait, secouait son ciré ruisselant d'eau.

— Tiens !... Il pleut ?... Quoi de neuf, Groslin ?...

Une flamme pétillait dans les prunelles du jeune homme, qui dit quelques mots à voix basse au photographe qui l'accompagnait, puis décrocha le récepteur du téléphone.

— *Petit Parisien*, mademoiselle... Service de Presse... Priorité !... Quoi ?... Vous êtes reliée directement à Paris ?... Alors, donnez vite... Allô !... Allô !... *Le Petit Parisien* ?... Mademoiselle Germaine ?... Passez-moi la sténo de service... Ici, Groslin !

Sa voix était impatiente. Et son regard semblait défier les confrères qui l'écoutaient. Maigret, qui passait derrière lui, s'arrêta pour écouter.

— Allô !... C'est vous, mademoiselle Jeanne ? En vitesse, hein !... Il est encore temps pour quelques éditions de province... Les autres ne l'auront que dans l'édition de Paris... Vous direz au secrétaire de rédaction de rédiger le papier... Je n'ai pas le temps...

» Affaire de Concarneau... Nos prévisions étaient justes... Nouveau crime... Allô ! oui, *crime* !... Un homme tué, si vous aimez mieux...

Tout le monde s'était tu. Le docteur, fasciné, se rapprochait du journaliste qui poursuivait, fiévreux, triomphant, trépidant :

— Après M. Mostaguen, après le journaliste Jean Servières, M. Le Pommeret !... Oui... Je vous ai épelé le nom tout à l'heure... Il vient d'être trouvé mort dans sa chambre...

Chez lui !... Pas de blessure... Les muscles sont raidis et tout fait croire à un empoisonnement... Attendez... Terminez par : *La terreur règne*... Oui !... Courez voir le secrétaire de rédaction... Je vous dicterai tout à l'heure un papier pour l'édition de Paris, mais il faut que l'information passe dans les éditions de province...

Il raccrocha, s'épongea, jeta à la ronde un regard de jubilation.

Le téléphone fonctionnait déjà.

— Allô !... Le commissaire ?... Il y a un quart d'heure qu'on essaie de vous avoir... Ici, la maison de M. Le Pommeret... Vite !... Il est mort !...

Et la voix répéta dans un hululement :

— Mort...

Maigret regarda autour de lui. Sur presque toutes les tables, il y avait des verres vides. Emma, exsangue, suivait le policier des yeux.

— Qu'on ne touche ni à un verre ni à une bouteille ! commanda-t-il... Vous entendez, Leroy ?... Ne bougez pas d'ici...

Le docteur, le front ruisselant de sueur, avait arraché son foulard et on voyait son cou maigre, sa chemise maintenue par un bouton de col à bascule.

Quand Maigret arriva dans l'appartement de Le Pommeret, un médecin qui habitait la maison voisine avait déjà fait les premières constatations.

Il y avait là une femme d'une cinquantaine d'années, la propriétaire de l'immeuble, celle-là même qui avait téléphoné.

Une jolie maison en pierres grises, face à la mer. Et toutes les vingt secondes, le pinceau lumineux du phare incendiait les fenêtres.

Un balcon. Une hampe de drapeau et un écusson aux armes du Danemark.

Le corps était étendu sur le tapis rougeâtre d'un studio encombré de bibelots sans valeur. Dehors, cinq personnes regardèrent passer le commissaire sans prononcer une parole.

Sur les murs, des photographies d'actrices, des dessins découpés dans les journaux galants et mis sous verre, quelques dédicaces de femmes.

Le Pommeret avait la chemise arrachée. Ses souliers étaient encore lourds de boue.

— Strychnine ! dit le médecin. Du moins je le jurerais... Regardez ses yeux... Et surtout rendez-vous compte de la raideur du corps... L'agonie a duré près d'une demi-heure... Peut-être plus...

— Où étiez-vous ? demanda Maigret à la logeuse.

— En bas... Je sous-louais tout le premier étage à M. Le Pommeret, qui prenait ses repas chez moi... Il est rentré dîner vers huit heures... Il n'a presque rien mangé... Je me souviens qu'il a prétendu que l'électricité marchait mal, alors que les lampes éclairaient normalement...

» Il m'a dit qu'il allait ressortir, mais qu'il prendrait d'abord un cachet d'aspirine, car il avait la tête lourde...

Le commissaire regarda le docteur d'une façon interrogative.

— C'est bien cela !... Les premiers symptômes...

— Qui se déclarent combien de temps après l'absorption du poison ?...

— Cela dépend de la dose et de la constitution de l'homme... Parfois une demi-heure... D'autres fois deux heures...

— Et la mort ?...

— ... ne survient qu'à la suite de paralysie générale... Mais il y a auparavant des paralysies locales... Ainsi, il est probable qu'il a essayé d'appeler... Il était couché sur ce divan...

Ce même divan qui valait au logis de Le Pommeret d'être appelé la maison des turpitudes ! Les gravures galantes étaient plus nombreuses qu'ailleurs autour du meuble. Une veilleuse distillait une lumière rose.

— Il s'est agité, comme dans une crise de *delirium tremens*... La mort l'a pris par terre...

Maigret marcha vers la porte qu'un photographe voulait franchir et la lui ferma au nez.

Il calculait à mi-voix :

— Le Pommeret a quitté le *Café de l'Amiral* un peu après sept heures... Il avait bu une fine à l'eau... Ici, un quart d'heure plus tard, il a bu et mangé... D'après ce que vous me dites des effets de la strychnine, il a pu tout aussi bien avaler le poison là-bas qu'ici...

Il se rendit tout à coup au rez-de-chaussée, où la logeuse pleurait, encadrée par trois voisines.

— Les assiettes, les verres du dîner... ?

Elle fut quelques instants sans comprendre. Et, quand elle voulut répondre, il avait déjà aperçu, dans la cuisine, une bassine d'eau encore chaude, des assiettes propres à droite, des sales à gauche, et des verres.

— J'étais occupée à faire la vaisselle quand...

Un sergent de ville arrivait.

— Gardez la maison. Mettez tout le monde dehors, sauf la propriétaire... Et pas un journaliste, pas un photographe !... Qu'on ne touche pas à un verre, ni à un plat...

Il y avait cinq cents mètres à parcourir dans la bourrasque pour regagner l'hôtel. La ville était dans l'ombre. C'est à peine s'il restait deux ou trois fenêtres éclairées, à de grandes distances l'une de l'autre.

Sur la place, par contre, à l'angle du quai, les trois baies verdâtres de l'*Hôtel de l'Amiral* étaient illuminées, mais, à cause des vitraux, elles donnaient plutôt l'impression d'un monstrueux aquarium.

Quand on approchait, on percevait des bruits de voix, une sonnerie de téléphone, le ronron d'une voiture qu'on mettait en marche.

— Où allez-vous ? questionna Maigret.

Il s'adressait à un journaliste.

— La ligne est occupée ! Je vais téléphoner ailleurs... Dans dix minutes, il sera trop tard pour mon édition de Paris...

L'inspecteur Leroy, debout dans le café, avait l'air d'un pion qui surveille l'étude du soir. Quelqu'un écrivait sans trêve. Le voyageur de commerce restait ahuri, mais passionné, dans cette atmosphère nouvelle pour lui.

Tous les verres étaient restés sur les tables. Il y avait des verres à pied ayant contenu des apéritifs, des demis encore gras de mousse, des petits verres à liqueur.

— A quelle heure a-t-on débarrassé les tables ?...

Emma chercha dans sa mémoire.

— Je ne pourrais pas dire. Il y a des verres que j'ai enlevés au fur et à mesure... D'autres sont là depuis l'après-midi...

— Le verre de M. Le Pommeret ?...

— Qu'est-ce qu'il a bu, monsieur Michoux ?...

Ce fut Maigret qui répondit :

— Une fine à l'eau...

Elle regarda les soucoupes les unes après les autres.

— Six francs... Mais j'ai servi un whisky à un de ces messieurs et c'est le même prix... Peut-être est-ce ce verre-ci ?... Peut-être pas...

Le photographe, qui ne perdait pas le nord, prenait des clichés de toute cette verrerie glauque étalée sur les tables de marbre.

— Allez me chercher le pharmacien ! commanda le commissaire à Leroy.

Et ce fut vraiment la nuit des verres et des assiettes. On en apporta de la maison du vice-consul du Danemark. Les reporters pénétraient dans le laboratoire du pharmacien comme chez eux et l'un d'eux, ancien étudiant en médecine, participait même aux analyses.

Le maire, au téléphone, s'était contenté de laisser tomber d'une voix coupante :

— ... toutes vos responsabilités...

On ne trouvait rien. Par contre, le patron surgit soudain, questionna :

— Qu'est-ce qu'on a fait du chien ?...

Le réduit où on l'avait couché sur de la paille était vide. Le chien jaune, incapable de marcher et même de se traîner, à cause du pansement qui emprisonnait son arrière-train, avait disparu.

Les verres ne révélaient rien !

— Celui de M. Pommeret a peut-être été lavé... Je ne sais plus... Dans cette bousculade !... disait Emma.

Chez la logeuse aussi, la moitié de la vaisselle avait été passée à l'eau chaude.

Ernest Michoux, le teint terreux, s'inquiétait surtout de la disparition du chien.

— C'est par la cour qu'on est venu le chercher !... Il y a une entrée sur le quai... Une

72

sorte d'impasse... Il faudrait faire condamner la porte, commissaire... Sinon... Pensez qu'on a pu pénétrer ici sans que personne s'en aperçoive !... Et repartir avec cet animal dans les bras !...

On eût dit qu'il n'osait pas quitter le fond de la salle, qu'il se tenait aussi loin des portes que possible.

5

L'homme du Cabélou

Il était huit heures du matin. Maigret, qui ne s'était pas couché, venait de prendre un bain et achevait de se raser devant un miroir suspendu à l'espagnolette de la fenêtre.

Il faisait plus froid que les jours précédents. La pluie trouble ressemblait à de la neige fondue. Un reporter, en bas, guettait l'arrivée des journaux de Paris. On avait entendu siffler le train de sept heures et demie. Dans quelques instants, on verrait arriver les porteurs d'éditions sensationnelles.

Sous les yeux du commissaire, la place était encombrée par le marché hebdomadaire. Mais on devinait que ce marché n'avait pas son animation habituelle. Les gens parlaient bas. Des paysans semblaient inquiets des nouvelles qu'ils apprenaient.

Sur le terre-plein, il y avait une cinquantaine d'étaux, avec des mottes de beurre, des œufs, des légumes, des bretelles et des bas de soie. A droite, des carrioles de tous modèles stationnaient et l'ensemble était dominé par le glissement ailé des coiffes blanches aux larges dentelles.

Maigret ne s'aperçut qu'il se passait quelque chose qu'en voyant toute une portion du marché changer de physionomie, les gens s'agglutiner et regarder dans une même direction. La fenêtre était fermée. Il n'entendait pas les bruits, ou plutôt ce n'était qu'une rumeur confuse qui lui parvenait.

Il chercha plus loin. Au port, quelques pêcheurs chargeaient des paniers vides et des filets dans les barques. Mais ils s'immobilisaient soudain, faisaient la haie au passage des deux agents de police de la ville qui conduisaient un prisonnier vers la mairie.

Un des policiers était tout jeune, imberbe. Son visage était pétri de naïveté. L'autre portait de fortes moustaches acajou, et d'épais sourcils parvenaient presque à lui donner un air terrible.

Au marché, les discussions avaient cessé. On regardait les trois hommes qui s'avançaient. On se montrait les menottes serrant les poignets du malfaiteur.

Un colosse ! Il marchait penché en avant, ce qui faisait paraître ses épaules deux fois plus larges. Il traînait les pieds dans la boue et c'était lui qui semblait tirer les agents en remorque.

Il portait un vieux veston quelconque. Sa tête nue était plantée de cheveux drus, très courts et très bruns.

Le journaliste courait dans l'escalier, ébranlait une porte, criait à son photographe endormi :

— Benoît !... Benoît !... Vite !... Debout... Un cliché épatant...

Il ne croyait pas si bien dire. Car, pendant que Maigret effaçait les dernières traces de savon sur ses joues et cherchait son veston, sans quitter la place des yeux, il se passa un événement vraiment extraordinaire.

La foule n'avait pas tardé à se resserrer autour des agents et du prisonnier. Brusquement celui-ci, qui devait guetter depuis longtemps l'occasion, donna une violente secousse à ses deux poignets.

De loin, le commissaire vit les piteux bouts de chaîne qui pendaient aux mains des policiers. Et l'homme fonçait sur le public. Une femme roula par terre. Des gens s'enfuirent. Personne n'était revenu de sa stupeur que le prisonnier avait bondi dans une impasse, à vingt mètres de l'*Hôtel de l'Amiral,* tout à côté de la maison vide dont la boîte aux lettres avait craché une balle de revolver le vendredi précédent.

Un agent — le plus jeune — faillit tirer, hésita, se mit à courir en tenant son arme de telle manière que Maigret attendait l'accident. Un auvent de bois blanc céda sous la pression des fuyards et son toit de toile s'abattit sur les mottes de beurre.

Le jeune agent eut le courage de se précipiter tout seul dans l'impasse. Maigret, qui connaissait les lieux, acheva de s'habiller sans fièvre.

Car ce serait désormais un miracle de retrouver la brute. Le boyau, large de deux mètres, faisait deux coudes en angle droit. Vingt maisons qui donnaient sur le quai ou sur la place avaient une issue dans l'impasse. Et il y avait en outre des hangars, les magasins d'un marchand de cordages et d'articles pour bateau, un dépôt de boîtes à conserve, tout un fouillis de constructions irrégulières, des coins et des recoins, des toits facilement accessibles qui rendaient une poursuite à peu près impossible.

La foule, maintenant, se tenait à distance. La femme qu'on avait renversée, rouge d'indignation, tendait le poing dans toutes les directions tandis que des larmes venaient trembler sous son menton.

Le photographe sortit de l'hôtel, un trench-coat passé sur son pyjama, pieds nus.

Une demi-heure plus tard, le maire arrivait, peu après le lieutenant de gendarmerie dont les hommes se mettaient en devoir de fouiller les maisons voisines.

En trouvant Maigret attablé dans le café en compagnie du jeune agent et occupé à dévorer des toasts, le premier magistrat de la ville trembla d'indignation.

— Je vous ai prévenu, commissaire, que je vous rendais responsable de... de... Mais cela n'a pas l'air de vous émouvoir !... J'enverrai tout à l'heure un télégramme au ministère de l'Intérieur pour le mettre au courant de... de... et lui demander... Avez-vous seulement vu ce qui se passe dehors ?... Les gens fuient leur maison... Un vieillard impotent hurle d'effroi parce qu'il est immobilisé à un deuxième étage... On croit voir le bandit partout...

Maigret se retourna, aperçut Ernest Michoux qui, tel un enfant peureux, se tenait aussi près de lui que possible sans déplacer plus d'air qu'un fantôme.

— Vous remarquerez que c'est la police locale, c'est-à-dire de simples agents de police, qui l'ont arrêté, pendant que...

— Vous tenez toujours à ce que je procède à une arrestation ?

— Que voulez-vous dire ?... Prétendez-vous mettre la main sur le fuyard ?...

— Vous m'avez demandé hier une arrestation, n'importe laquelle...

Les journalistes étaient dehors, aidaient les gendarmes dans leurs recherches. Le café était à peu près vide, en désordre, car on n'avait pas encore eu le temps de faire le nettoyage. Une âcre odeur de tabac refroidi prenait à la gorge. On marchait sur les bouts de cigarette, les crachats, la sciure et les verres brisés.

Le commissaire, cependant, tirait de son portefeuille un mandat d'arrêt en blanc.

— Dites un mot, monsieur le maire, et je...

— Je serais curieux de savoir qui vous arrêteriez !...

— Emma !... Une plume et de l'encre, s'il vous plaît...

Il fumait à petites bouffées. Il entendit le maire qui grommelait avec l'espoir d'être entendu :

— Du bluff !...

Mais il ne se démonta pas, écrivit à grands jambages écrasés, selon son habitude :

... le nommé Ernest Michoux, administra-teur de la Société immobilière des Sables Blancs...

Ce fut plus comique que tragique. Le maire lisait à l'envers. Maigret dit :

— Et voilà ! Puisque vous y tenez, j'arrête le docteur...

Celui-ci les regarda tous les deux, esquissa un sourire jaune, comme un homme qui ne sait que répondre à une plaisanterie. Mais c'était Emma que le commissaire observait, Emma qui marchait vers la caisse et qui se retourna soudain, moins pâle qu'à l'ordi-naire, sans pouvoir maîtriser un tressaille-ment de joie.

80

— Je suppose, commissaire, que vous vous rendez compte de la gravité de...

— C'est mon métier, monsieur le maire.

— Et tout ce que vous trouvez à faire, après ce qui vient de se passer, c'est d'arrêter un de mes amis... de mes camarades plutôt... enfin, un des notables de Concarneau, un homme qui...

— Avez-vous une prison confortable ?...

Michoux, pendant ce temps-là, ne semblait préoccupé que par la difficulté d'avaler sa salive.

— A part le poste de police, à la mairie, il n'y a que la gendarmerie, dans la vieille ville...

L'inspecteur Leroy venait d'entrer. Il eut la respiration coupée quand Maigret lui dit de sa voix la plus naturelle :

— Dites donc, vieux ! Vous seriez bien gentil de conduire le docteur à la gendarmerie... Discrètement !... Inutile de lui passer les menottes... Vous l'écrouerez, tout en veillant à ce qu'il ne manque de rien...

— C'est de la folie pure ! balbutia le docteur. Je n'y comprends rien... Je... C'est inouï !... C'est infâme !...

— Parbleu ! grommela Maigret.

Et, se tournant vers le maire :

— Je ne m'oppose pas à ce qu'on continue à rechercher votre vagabond... Cela amuse la population... Peut-être même est-ce utile ?... Mais n'attachez pas trop d'importance à sa capture... Rassurez les gens...

— Vous savez que quand on a mis la main sur lui, ce matin, on l'a trouvé porteur d'un couteau à cran d'arrêt ?...

— Ce n'est pas impossible...

Maigret commençait à s'impatienter. Debout, il endossait son lourd pardessus à col de velours, brossait de la manche son chapeau melon.

— A tout à l'heure, monsieur le maire... Je vous tiendrai au courant... Encore un conseil : qu'on ne raconte pas trop d'histoires aux journalistes... Au fond, dans tout ceci, c'est à peine s'il y a de quoi fouetter un chat... Vous venez ?...

Ces derniers mots s'adressaient au jeune sergent de ville qui regarda le maire avec l'air de dire : « Excusez-moi... Mais je suis obligé de le suivre... »

L'inspecteur Leroy tournait autour du docteur comme un homme bien embarrassé par un fardeau encombrant.

On vit Maigret tapoter en passant la joue d'Emma, puis traverser la place sans s'inquiéter de la curiosité des gens.

— C'est par ici ?...

— Oui... Il faut faire le tour des bassins... Nous en avons pour une demi-heure...

Les pêcheurs étaient moins bouleversés que la population par le drame qui se jouait autour du *Café de l'Amiral* et une dizaine de bateaux, profitant du calme relatif, se dirigeaient à la godille vers la sortie du port où ils prenaient le vent.

L'agent de police lançait à Maigret des regards d'écolier attentif à plaire à son instituteur.

— Vous savez... M. le maire et le docteur jouaient aux cartes ensemble au moins deux fois par semaine... Cela a dû lui donner un coup...

— Qu'est-ce que les gens du pays racontent ?...

— Cela dépend des gens... Les petits, les ouvriers, les pêcheurs ne s'émeuvent pas trop... Et même, ils sont presque contents de ce qui arrive... Parce que le docteur, M. Le Pommeret et M. Servières n'avaient pas très bonne réputation... C'étaient des messieurs, évidemment... On n'osait rien leur dire... N'empêche qu'ils abusaient un peu, quand ils débauchaient toutes les gamines des usines... L'été, avec leurs amis de Paris, c'était pis... Ils étaient toujours à boire, à faire du bruit dans les rues à des deux heures du matin, comme si la ville leur appartenait... Nous avons reçu souvent des plaintes... Surtout en ce qui concerne M. Le Pommeret, qui ne pouvait pas voir un jupon sans s'emballer... C'est triste à dire... Mais les usines ne travaillent guère... Il y a du chômage... Alors, avec de l'argent... toutes ces filles...

— Dans ce cas, qui est ému ?...

— Les autres !... Les bourgeois !... Et les commerçants qui se frottaient au groupe du *Café de l'Amiral*... C'était comme le centre de la ville, n'est-ce pas ?... Même le maire qui y venait...

L'agent était flatté de l'attention que lui prêtait Maigret.

— Où sommes-nous ?

— Nous venons de quitter la ville... A partir d'ici, la côte est à peu près déserte... Il n'y a que des rochers, des bois de sapins, quelques villas habitées l'été par des gens de Paris... C'est ce que nous appelons la pointe du Cabélou...

— Qu'est-ce qui vous a donné l'idée de fureter de ce côté ?...

— Quand vous nous avez dit, à mon collègue et à moi, de rechercher un vagabond qui pourrait être le propriétaire du chien jaune, nous avons d'abord fouillé les vieux bateaux de l'arrière-port... De temps en temps, on y trouve un chemineau... L'an dernier, un cotre a brûlé, parce qu'un rôdeur avait oublié d'éteindre le feu qu'il y avait allumé pour se réchauffer...

— Rien trouvé ?

— Rien... C'est mon collègue qui s'est souvenu de l'ancien poste de veille du Cabélou... Nous y arrivons... Vous voyez cette construction carrée, en pierres de taille, sur la dernière avancée de roche ?... Elle date de la même époque que les fortifications de la vieille ville... Venez par ici... Faites attention aux ordures... Il y a très longtemps, un gardien vivait ici, comme qui dirait un veilleur, dont la mission était de signaler les passages de bateaux... On voit très loin... On domine la passe des Glénan, la seule qui donne accès à la rade... Mais il y a peut-être cinquante ans que c'est désaffecté...

Maigret franchit un passage dont la porte avait disparu, pénétra dans une pièce dont le sol était de terre battue. Vers le large, d'étroites meurtrières donnaient vue sur la mer. De l'autre côté, une seule fenêtre, sans carreaux, sans montants.

Et, sur les murs de pierre, des inscriptions faites à la pointe du couteau. Par terre, des papiers sales, des détritus innommables.

— Voilà !... Pendant près de quinze ans, un homme a vécu ici, tout seul... Un simple d'esprit... Une sorte de sauvage... Il couchait dans ce coin, indifférent au froid, à l'humidité, aux tempêtes qui jetaient des paquets de mer par les meurtrières... C'était une curiosité... Les Parisiens venaient le voir, l'été, lui donnaient des pièces de monnaie... Un marchand de cartes postales a eu l'idée de le photographier et de vendre ces portraits à l'entrée... L'homme a fini par mourir, pendant la guerre... Personne n'a songé à nettoyer l'endroit... J'ai pensé hier que, si quelqu'un se cachait dans le pays, c'était peut-être ici...

Maigret s'engagea dans un étroit escalier de pierre creusé à même l'épaisseur du mur, arriva dans une guérite ou plutôt dans une tour de granit ouverte des quatre côtés et permettant d'admirer toute la région.

— C'était le poste de veille... Avant l'invention des phares, on allumait un feu sur la terrasse... Donc, ce matin de bonne heure, nous sommes venus, mon collègue et moi... Nous avancions sur la pointe des pieds... En bas, à la place même où dormait jadis le fou, nous avons vu un homme qui ronflait... Un colosse !... On entendait sa respiration à quinze mètres... Et nous sommes arrivés à lui passer les menottes avant qu'il se réveille...

Ils étaient redescendus dans la chambre carrée que les courants d'air rendaient glaciale.

— Il s'est débattu ?...

— Même pas !... Mon collègue lui a demandé ses papiers et il n'a pas répondu... Vous n'avez pas pu le voir... A lui seul, il est plus fort que nous deux... Au point que je n'ai pas lâché la crosse de mon revolver... Des mains !... Les vôtres sont grosses, n'est-ce pas ?... Eh bien ! essayez d'imaginer des mains deux fois plus grosses, avec des tatouages...

— Vous avez vu ce qu'ils représentaient ?

— Je n'ai vu qu'une ancre, sur la main gauche, et les lettres SS des deux côtés... Mais il y avait des dessins compliqués... Peut-être un serpent ?... Nous n'avons pas touché à ce qui traînait par terre... Tenez !...

Il y avait de tout : des bouteilles de vin fin, d'alcool de luxe, des boîtes à conserve vides et une vingtaine de boîtes intactes.

Il y avait mieux : les cendres d'un feu qui avait été allumé au milieu de la pièce, et, tout près, un os de gigot dénudé. Des quignons de pain. Quelques arêtes de poisson. Une coquille Saint-Jacques et des pinces de homard.

— Une vraie bombe, quoi ! s'extasiait le jeune agent qui n'avait jamais dû faire un pareil festin. Ceci nous a expliqué les plaintes reçues ces derniers temps... Nous n'y avions pas pris garde, parce qu'il ne s'agissait pas d'affaires importantes... Un pain de six livres volé au boulanger... Un panier de merlans disparu d'une barque de pêche... Le gérant du dépôt Prunier qui prétendait qu'on lui chipait des homards pendant la nuit...

Maigret faisait un étrange calcul mental, essayait d'établir en combien de jours un homme de fort appétit avait pu dévorer ce qui avait été consommé là.

— Une semaine... murmura-t-il. Oui... Y compris le gigot...

Il questionna soudain :

— Et le chien ?...

— Justement ! Nous ne l'avons pas retrouvé... Il y a bien des traces de pattes sur le sol, mais nous n'avons pas vu la bête... Vous savez ! le maire doit être dans tous ses états, à cause du docteur... Cela m'étonnerait qu'il ne télégraphie pas à Paris, comme il l'a dit...

— Votre homme était armé ?...

— Non ! C'est moi qui ai fouillé ses poches

pendant que mon collègue Piedbœuf, qui tenait les menottes, le mettait en joue de l'autre main... Dans une poche du pantalon, il y avait des marrons grillés... Quatre ou cinq... Cela doit venir de la charrette qui stationne le samedi et le dimanche soir devant le cinéma... Puis quelques pièces de monnaie... Pas même dix francs... Un couteau... Mais pas un couteau terrible... Un couteau comme ceux dont se servent les marins pour couper leur pain...

— Il n'a pas prononcé un mot ?...

— Pas un... Au point que nous avons pensé, mon collègue et moi, qu'il était simple d'esprit, comme l'ancien locataire... Il nous regardait à la façon d'un ours... Il avait une barbe de huit jours, deux dents cassées au beau milieu de la bouche...

— Ses vêtements ?...

— Je ne pourrais pas vous dire... Un vieux costume... Je ne sais même plus si, en dessous, il portait une chemise ou un tricot... Il nous a suivis docilement... Nous étions fiers de notre prise... Il aurait pu s'enfuir dix fois avant d'arriver en ville... Si bien que nous étions sans méfiance quand, d'une secousse, il a cassé les chaînes des menottes... J'ai cru que mon poignet droit était arraché... Je porte encore la marque... A propos du docteur Michoux...

— Eh bien ?...

— Vous savez que sa mère doit revenir aujourd'hui ou demain... C'est la veuve d'un député... On dit qu'elle a le bras long... Et elle est l'amie de la femme du maire...

Maigret regarda l'océan gris à travers les meurtrières. Des petits bateaux à voile se faufilaient entre la pointe du Cabélou et un écueil que le ressac laissait deviner, viraient de bord et allaient mouiller leurs filets à moins d'un mille.

— Vous croyez vraiment que c'est le docteur qui... ?

— Partons ! dit le commissaire.

La marée montait. Quand ils sortirent, l'eau commençait à lécher la plate-forme. Un gamin, à cent mètres d'eux, sautait de roche en roche, à la recherche des casiers qu'il avait placés dans les creux. Le jeune agent ne se résignait pas au silence.

— Le plus extraordinaire, c'est qu'on se soit attaqué à M. Mostaguen, qui est le meilleur homme de Concarneau... Au point qu'on voulait en faire un conseiller général... Il paraît qu'il est sauvé, mais que la balle n'a pas pu être extraite... Si bien que toute sa vie il gardera un morceau de plomb dans le ventre !... Quand on pense que sans cette idée d'allumer un cigare...

Ils ne contournèrent pas les bassins, mais traversèrent une partie du port dans le bac qui fait la navette entre le passage et la vieille ville.

A peu de distance de l'endroit où, la veille, des jeunes gens assaillaient le chien jaune à coups de pierres, Maigret avisa un mur, une porte monumentale surmontée d'un drapeau et des mots *Gendarmerie Nationale*.

Il traversa la cour d'un immeuble datant de Colbert. Dans un bureau, l'inspecteur Leroy discutait avec un brigadier.

— Le docteur ?... questionna Maigret.

— Justement ! le brigadier ne voulait rien entendre pour ce qui est de laisser venir les repas du dehors...

— Ou alors, c'est sous votre responsabilité ! dit le brigadier à Maigret. Et je vous demanderai une pièce qui me serve de décharge...

La cour était calme comme un cloître. Une fontaine coulait avec un adorable glouglou.

— Où est-il ?...

— Là-bas, à droite... Vous poussez la porte... C'est ensuite la deuxième porte dans le couloir... Voulez-vous que j'aille vous l'ouvrir ?... Le maire a téléphoné pour recommander de traiter le prisonnier avec les plus grands égards...

Maigret se gratta le menton. L'inspecteur Leroy et l'agent de police, qui étaient presque du même âge, le regardaient avec une pareille curiosité timide.

Quelques instants plus tard, le commissaire entrait seul dans un cachot aux murs blanchis à la chaux, qui n'était pas plus triste qu'une chambrée de caserne.

Michoux, assis devant une petite table en bois blanc, se leva à son arrivée, hésita un instant, commença en regardant ailleurs :

— Je suppose, commissaire, que vous n'avez joué cette comédie que pour éviter un nouveau drame, en me mettant à l'abri de... des coups de...

Maigret remarqua qu'on ne lui avait retiré ni ses bretelles, ni son foulard, ni ses lacets, comme c'est la règle. De la pointe du pied, il attira une chaise à lui, s'assit, bourra une pipe et grommela, bonhomme :

— Parbleu !... Mais asseyez-vous donc, docteur !...

6

Un lâche

— Etes-vous superstitieux, commissaire ?

Maigret, à cheval sur sa chaise, les coudes sur le dossier, esquissa une moue qui pouvait signifier tout ce qu'on voulait. Le docteur ne s'était pas assis.

— Je crois qu'au fond nous le sommes tous à un moment donné ou, si vous préférez, au moment où nous sommes visés...

Il toussa dans son mouchoir qu'il regarda avec inquiétude, poursuivit :

— Il y a huit jours, je vous aurais répondu que je ne croyais pas aux oracles... Et pourtant !... Il y a peut-être cinq ans de cela... Nous étions quelques amis à dîner, chez une comédienne de Paris... Au café, quelqu'un proposa de tirer les cartes... Or, savez-vous ce qu'il m'a annoncé ?... Remarquez que j'ai ri !... J'ai ri d'autant plus que cela tranchait avec le refrain habituel : dame blonde, monsieur âgé qui vous veut du bien, lettre qui vient de loin, etc.

» A moi, on a dit :

» — Vous aurez une vilaine mort... Une mort violente... Méfiez-vous des chiens jaunes...

Ernest Michoux n'avait pas encore regardé le commissaire, sur qui il posa un instant son regard. Maigret était placide. Il était même, énorme sur sa petite chaise, une statue de la placidité.

— Ceci ne vous étonne pas ?... Des années durant, je n'ai jamais entendu parler de chien jaune... Vendredi un drame éclate... Un de mes amis en est la victime... J'aurais pu tout aussi bien que lui me réfugier sur ce seuil et être atteint par la balle... Et voilà qu'un chien jaune surgit !...

» Un autre ami disparaît dans des circonstances inouïes... Et le chien jaune continue à rôder !...

» Hier, c'était le tour de Le Pommeret... Le chien jaune !... Et vous voudriez que je ne sois pas impressionné ?...

Il n'en avait jamais dit autant d'une haleine et à mesure qu'il parlait il reprenait consistance. Pour tout encouragement, le commissaire soupira :

— Evidemment... Evidemment...

— N'est-ce pas troublant ?... Je me rends compte que j'ai dû vous faire l'effet d'un lâche... Eh bien, oui ! J'ai eu peur... Une peur vague, qui m'a pris à la gorge dès le premier drame, et surtout quand il a été question de chien jaune...

Il arpentait la cellule à petits pas, en regardant par terre. Son visage s'animait.

— J'ai failli vous demander votre protection, mais j'ai craint de vous voir sourire... J'ai craint davantage encore votre mépris... Car les hommes forts méprisent les lâches...

Sa voix devenait pointue.

— Et, je l'avoue, commissaire, je suis un lâche !... Voilà quatre jours que j'ai peur, quatre jours que je souffre de la peur... Ce n'est pas ma faute !... J'ai fait assez de médecine pour me rendre un compte exact de mon cas...

» Quand je suis né, il a fallu me mettre dans une couveuse artificielle... Pendant mon enfance, j'ai collectionné toutes les maladies infantiles...

» Et, lorsque la guerre a éclaté, des médecins qui examinaient cinq cents hommes par jour m'ont déclaré bon pour le service et envoyé au front... Or, non seulement j'avais de la faiblesse pulmonaire avec cicatrices d'anciennes lésions, mais deux ans plus tôt on m'avait enlevé un rein...

» J'ai eu peur !... Peur à en devenir fou !... Des infirmiers m'ont relevé alors que je venais d'être enterré dans un entonnoir par la déflagration d'un obus... Et enfin on s'est aperçu que je n'étais pas apte au service armé...

» Ce que je vous raconte n'est peut-être

pas joli... Mais je vous ai observé. J'ai l'impression que vous êtes capable de comprendre...

» C'est facile, le mépris des forts pour les lâches... Encore devrait-on s'inquiéter de connaître les causes profondes de la lâcheté...

» Tenez ! J'ai compris que vous regardiez sans sympathie notre groupe du *Café de l'Amiral*... On vous a dit que je m'occupais de vente de terrains... Fils d'un ancien député... Docteur en médecine... Et ces soirées autour d'une table de café, avec d'autres ratés...

» Mais qu'est-ce que j'aurais pu faire ?... Mes parents dépensaient beaucoup d'argent et néanmoins ils n'étaient pas riches... Ce n'est pas rare à Paris... J'ai été élevé dans le luxe... Les grandes villes d'eaux... Puis mon père meurt et ma mère commence à boursicoter, à intriguer, toujours aussi grande dame qu'avant, toujours aussi orgueilleuse, mais harcelée par des créanciers...

» Je l'ai aidée ! C'est tout ce dont j'étais capable ! Ce lotissement... Rien de prestigieux... Et cette vie d'ici... Des notables !... Mais avec quelque chose de pas solide...

» Voilà trois jours que vous m'observez et que j'ai envie de vous parler à cœur ouvert... J'ai été marié... Ma femme a demandé le divorce parce qu'elle voulait un homme animé par de plus hautes ambitions...

» Un rein en moins... Trois ou quatre jours

par semaine à me traîner, malade, fatigué, de mon lit à un fauteuil...

Il s'assit avec lassitude.

— Emma a dû vous dire que j'ai été son amant... Bêtement, n'est-ce pas ? parce qu'on a parfois besoin d'une femme... On n'explique pas ces choses-là à tout le monde...

» Au *Café de l'Amiral*, j'aurais peut-être fini par devenir fou... Le chien jaune... Servières disparu... Les taches de sang dans sa voiture... Et surtout cette mort ignoble de Le Pommeret...

» Pourquoi lui ?... Pourquoi pas moi ?... Nous étions ensemble deux heures plus tôt, à la même table, devant les mêmes verres... Et moi, j'avais le pressentiment que si je sortais de la maison ce serait mon tour... Puis j'ai senti que le cercle se resserrait, que, même à l'hôtel, même enfermé dans ma chambre, le danger me poursuivait...

» J'ai eu un tressaillement de joie quand je vous ai vu signer mon mandat d'arrêt... Et pourtant...

Il regarda les murs autour de lui, la fenêtre aux trois barreaux de fer qui s'ouvrait sur la cour.

— Il faudra que je change ma couchette de place, que je la pousse dans ce coin... Comment, oui, comment a-t-on pu me parler d'un chien jaune il y a cinq ans, alors que ce chien-là, sans doute, n'était pas né ?... J'ai peur, commissaire ! Je vous avoue, je vous crie que j'ai peur !... Peu m'importe ce que penseront les gens en apprenant que je suis en prison... Ce que je ne veux pas, c'est mourir !... Et quelqu'un me guette, quelqu'un que je ne connais pas, qui a déjà tué Le Pommeret, qui a sans doute tué Goyard, qui a tiré sur Mostaguen... Pourquoi ?... Dites-le-moi !... Pourquoi ?... Un fou, probablement... Et on n'a pas encore pu l'abattre !... Il est libre !... Il rôde peut-être autour de nous... Il sait que je suis ici... Il viendra, avec son affreux chien qui a un regard d'homme...

Maigret se leva lentement, frappa sa pipe contre son talon. Et le docteur répéta d'une voix piteuse :

— Je sais que je vous fais l'effet d'un lâche... Tenez ! Je suis sûr de souffrir cette nuit comme un damné, à cause de mon rein...

Maigret était campé là comme l'antithèse du prisonnier, de l'agitation, de la fièvre, de la maladie, l'antithèse de cette frousse malsaine et écœurante.

— Vous voulez que je vous envoie un médecin ?...

— Non !... Si je savais que quelqu'un doive venir, j'aurais encore plus peur... Je m'attendrais à ce que ce soit *lui* qui vienne, l'homme au chien, le fou, l'assassin...

Un peu plus et il claquait des dents.

— Pensez-vous que vous allez l'arrêter, ou l'abattre comme un animal enragé ?... Car il est enragé !... On ne tue pas comme ça, sans raison...

Encore trois minutes et ce serait la crise nerveuse. Maigret préféra sortir, tandis que le détenu le suivait du regard, la tête rentrée dans les épaules, les paupières rougeâtres.

— Vous m'avez bien compris, brigadier ?... Que personne n'entre dans sa cellule, sauf vous, qui lui porterez vous-même sa nourriture et tout ce qu'il demandera... Par contre, ne rien laisser traîner dont il puisse se servir comme arme pour se tuer... Enlevez-lui ses lacets, sa cravate... Que la cour soit surveillée nuit et jour... Des égards !... Beaucoup d'égards...

— Un homme si distingué ! soupira le brigadier de gendarmerie. Vous croyez que c'est lui qui... ?

— Qui est la prochaine victime, oui !... Vous me répondez de sa vie !...

Et Maigret s'en fut le long de la rue étroite, pataugeant dans les flaques d'eau. Toute la ville le connaissait déjà. Les rideaux frémissaient à son passage. Des gosses s'arrêtaient de jouer pour le regarder avec un respect craintif.

Il franchissait le pont-levis qui relie la vieille ville à la ville neuve quand il rencontra l'inspecteur Leroy qui le cherchait.

— Du nouveau ?... On n'a pas mis la main sur mon ours, au moins ?...

— Quel ours ?...

— L'homme aux grands pieds...

— Non ! Le maire a donné l'ordre de cesser les recherches, qui excitaient la population. Il a laissé quelques gendarmes en faction aux endroits stratégiques... Mais ce n'est pas de cela que je veux vous parler... C'est au sujet du journaliste, Goyard, dit Jean Servières... Un voyageur de commerce qui le connaît et qui vient d'arriver affirme l'avoir rencontré hier à Brest... Goyard a feint de ne pas le voir et a détourné la tête...

L'inspecteur s'étonna du calme avec lequel Maigret accueillait cette nouvelle.

— Le maire est persuadé que le voyageur s'est trompé... Des hommes petits et gros, il y en a beaucoup de par les villes... Et savez-vous ce que je lui ai entendu dire à son adjoint, à mi-voix, avec peut-être l'espoir que j'entendrais ?... Textuellement :

» — Vous allez voir le commissaire se lancer sur cette fausse piste, partir à Brest et nous laisser le véritable assassin sur le dos !...

Maigret fit une vingtaine de pas en silence. Sur la place, on démontait les baraques du marché.

— J'ai failli lui répondre que...

— Que quoi ?...

Leroy rougit, détourna la tête.

— Justement ! Je ne sais pas... J'ai eu l'impression, moi aussi, que vous n'attachiez pas beaucoup d'importance à la capture du vagabond...

100

— Comment va Mostaguen ?...

— Mieux... Il ne s'explique pas l'agression dont il a été victime... Il a demandé pardon à sa femme... Pardon d'être resté si tard au café !... Pardon de s'être à moitié enivré !... Il a juré en pleurant de ne plus boire une goutte d'alcool...

Maigret s'était arrêté face au port, à cinquante mètres de l'*Hôtel de l'Amiral*. Des bateaux rentraient, laissaient tomber leur voile brune en contournant le môle, se poussaient lentement à la godille.

Le jusant découvrait, au pied des murailles de la vieille ville, des bancs de vase enchâssés de vieilles casseroles et de détritus.

On devinait le soleil derrière la voûte uniforme de nuages.

— Votre impression, Leroy ?...

L'inspecteur se troubla davantage.

— Je ne sais pas... Il me semble que si nous tenions cet homme... Remarquez que le chien jaune a encore disparu... Que pouvait-il faire dans la villa du docteur ?... Il devait s'y trouver des poisons... J'en déduis...

— Oui, bien entendu !... Seulement, moi, je ne déduis jamais...

— Je serais quand même curieux de voir le vagabond de près... Les empreintes prouvent que c'est un colosse...

— Justement !

— Que voulez-vous dire ?...

— Rien !...

Maigret ne bougeait pas, semblait ravi de

contempler le panorama du petit port, la pointe du Cabélou, à gauche, avec son bois de sapins et ses avancées rocheuses, la balise rouge et noire, les bouées écarlates marquant la passe jusqu'aux îles de Glénan que la grisaille ne permettait pas d'apercevoir.

L'inspecteur avait encore bien des choses à dire.

— J'ai téléphoné à Paris, afin d'avoir des renseignements sur Goyard, qui y a vécu longtemps...

Maigret le regarda avec une affectueuse ironie et Leroy, piqué au vif, récita très vite :

— Les renseignements sont très bons ou très mauvais... J'ai eu au bout du fil un ancien brigadier de la Mondaine qui l'a connu personnellement... Il paraît qu'il a évolué longtemps dans les à-côtés du journalisme... D'abord échotier... Puis secrétaire général d'un petit théâtre... Puis directeur d'un cabaret de Montmartre... Deux faillites... Rédacteur en chef, pendant deux ans, d'une feuille de province, à Nevers je crois... Enfin il est à la tête d'une boîte de nuit... *Quelqu'un qui sait nager*... Ce sont les termes dont le brigadier s'est servi... Il est vrai qu'il a ajouté : *Un bon bougre ; quand il s'est aperçu qu'il n'arriverait en fin de compte qu'à manger ses quatre sous ou se créer des histoires, il a préféré replonger dans la province...*

— Alors ?...

— Alors je me demande pourquoi il a feint cette agression... Car j'ai revu l'auto... Il y a des taches de sang, des vraies... Et, s'il y a eu attaque, pourquoi ne pas donner signe de vie, puisque maintenant il se promène à Brest ?...

— Très bien !...

L'inspecteur regarda vivement Maigret pour savoir si celui-ci ne plaisantait pas. Mais non ! Le commissaire était grave, le regard rivé à une tache de soleil qui naissait au loin sur la mer.

— Quant à Le Pommeret...

— Vous avez des tuyaux ?...

— Son frère est venu à l'hôtel pour vous parler... Il n'avait pas le temps d'attendre... Il m'a dit pis que pendre du mort... Du moins dans son esprit est-ce grave : un fainéant... Deux passions : les femmes et la chasse... Plus la manie de faire des dettes et de jouer au grand seigneur... Un détail entre cent. Le frère, qui est à peu près le plus gros industriel de l'endroit, m'a déclaré :

» — Moi, je me contente de m'habiller à Brest... Ce n'est pas luxueux, mais c'est solide, confortable... Yves allait à Paris commander ses vêtements... Et il lui fallait des chaussures signées d'un grand bottier !... Ma femme elle-même ne porte pas de souliers sur mesure...

— Crevant !... fit Maigret au grand ahurissement, sinon à l'indignation, de son compagnon.

— Pourquoi ?

— Magnifique, si vous préférez ! Selon votre expression de tout à l'heure, c'est un vrai plongeon dans la vie provinciale que nous faisons ! Et c'est beau comme l'antique ! Savoir si Le Pommeret portait des chaussures toutes faites ou des chaussures sur mesure !... Cela n'a l'air de rien... Eh bien, vous me croirez si vous voulez, mais c'est tout le nœud du drame... Allons prendre l'apéritif, Leroy !... Comme ces gens le prenaient tous les jours... Au *Café de l'Amiral* !...

L'inspecteur observa une fois de plus son chef en se demandant si celui-ci n'était pas en train de se payer sa tête. Il avait espéré des félicitations pour son activité de la matinée et pour ses initiatives.

Et Maigret avait l'air de prendre tout cela à la blague !

Il y eut les mêmes remous que quand le professeur entre dans une classe de lycée où les élèves bavardaient. Les conversations cessèrent. Les journalistes se précipitèrent au-devant du commissaire.

— On peut annoncer l'arrestation du docteur ? Est-ce qu'il a fait des aveux ?...

— Rien du tout !...

Maigret les écartait du geste, lançait à Emma :

— Deux pernods, mon petit...

— Mais enfin, si vous avez arrêté M. Michoux...

— Vous voulez savoir la vérité ?...

Ils avaient déjà leur bloc-notes à la main. Ils attendaient, stylos en bataille.

— Eh bien ! il n'y a pas encore de vérité... Peut-être y en aura-t-il un jour... Peut-être pas...

— On prétend que Jean Goyard...

— ... est vivant ! Tant mieux pour lui !

— N'empêche qu'il y a un homme qui se cache, qu'on pourchasse en vain...

— Ce qui prouve l'infériorité du chasseur sur le gibier !...

Et Maigret, retenant Emma par la manche, dit doucement :

— Tu me feras servir à déjeuner dans ma chambre...

Il but son apéritif d'un trait, se leva.

— Un bon conseil, messieurs ! Pas de conclusions prématurées ! Et surtout pas de déductions...

— Mais le coupable ?...

Il haussa ses larges épaules, souffla :

— Qui sait ?...

Il était déjà au pied de l'escalier. L'inspecteur Leroy lui lançait un coup d'œil interrogateur.

— Non, mon vieux... Mangez à la table d'hôte... J'ai besoin de me reposer...

On l'entendit gravir les marches à pas lourds. Dix minutes plus tard, Emma monta à son tour avec un plateau garni de hors-d'œuvre.

Puis on la vit porter une coquille Saint-Jacques, un rôti de veau et des épinards.

Dans la salle à manger, la conversation languissait. Un des journalistes fut appelé au téléphone et déclara :

— Vers quatre heures, oui !... J'espère vous donner un papier sensationnel !... Pas encore !... Il faut attendre...

Tout seul à une table, Leroy mangeait avec des manières de garçon bien élevé, s'essuyant à chaque instant les lèvres du coin de sa serviette.

Les gens du marché observaient la façade du *Café de l'Amiral*, espérant confusément qu'il s'y passerait quelque chose.

Un gendarme était adossé à l'angle de la ruelle par où le vagabond avait disparu.

— M. le maire demande le commissaire Maigret au téléphone !

Leroy s'agita, ordonna à Emma :

— Allez le prévenir là-haut...

Mais la fille de salle revint en déclarant :

— Il n'y est plus !...

L'inspecteur grimpa l'escalier quatre à quatre, revint tout pâle, saisit le cornet.

— Allô !... Oui, monsieur le maire !... Je ne sais pas... Je... Je suis très inquiet... Le commissaire n'est plus ici... Allô !... Non ! Je ne puis rien vous dire... Il a déjeuné dans sa chambre... Je ne l'ai pas vu descendre... Je... je vous téléphonerai tout à l'heure...

Et Leroy, qui n'avait pas lâché sa serviette, s'en servit pour s'essuyer le front.

7

Le couple à la bougie

L'inspecteur ne monta chez lui qu'une demi-heure plus tard. Sur la table, il trouva un billet couvert de caractères morses qui disait :

Montez ce soir vers onze heures sur le toit, sans être vu. Vous m'y trouverez. Pas de bruit. Soyez armé. Dites que je suis parti à Brest d'où je vous ai téléphoné. Ne quittez pas l'hôtel.

Maigret

Un peu avant onze heures, Leroy retira ses chaussures, mit des chaussons de feutre qu'il avait achetés l'après-midi en vue de cette expédition qui n'était pas sans l'impressionner.

Après le second étage, il n'y avait plus d'escalier, mais une échelle fixe que surmontait une trappe dans le plafond. Au-delà, c'était un grenier glacé par les courants d'air, où l'inspecteur se risqua à frotter une allumette.

Quelques instants plus tard, il franchissait la lucarne, mais n'osait pas tout de suite descendre vers la corniche. Tout était froid. Au contact des plaques de zinc, les doigts se figeaient. Et Leroy n'avait pas voulu s'encombrer d'un pardessus.

Quand ses yeux se furent accoutumés à l'obscurité, il crut distinguer une masse sombre, trapue, comme un énorme animal à l'affût. Ses narines reconnurent des bouffées de pipe. Il siffla légèrement.

L'instant d'après, il était tapi sur la corniche à côté de Maigret. On ne voyait ni la mer, ni la ville. On se trouvait sur le versant du toit opposé au quai, au bord d'une tranchée noire qui n'était autre que la fameuse ruelle par où le vagabond aux grands pieds s'était échappé.

Tous les plans étaient irréguliers. Il y avait des toits très bas et d'autres à la hauteur des deux hommes. Des fenêtres étaient éclairées, par-ci, par-là. Certaines avaient des stores sur lesquels se jouaient comme des pièces d'ombres chinoises. Dans une chambre, assez loin, une femme lavait un tout jeune bébé dans un bassin émaillé.

La masse du commissaire bougea, rampa plutôt, jusqu'à ce que sa bouche fût collée à l'oreille de son compagnon.

— Attention ! Pas de mouvements

brusques. La corniche n'est pas solide et il y a en dessous de nous un tuyau de gouttière qui ne demande qu'à dégringoler avec fracas... Les journalistes ?

— Ils sont en bas, sauf un qui vous cherche à Brest, persuadé que vous suivez la piste Goyard...

— Emma ?...

— Je ne sais pas... Je n'ai pas pris garde à elle... C'est elle qui m'a servi le café après dîner.

C'était déroutant de se trouver ainsi, à l'insu de tous, au-dessus d'une maison pleine de vie, de gens qui circulaient dans la chaleur, dans la lumière, sans avoir besoin de parler bas.

— Bon... Tournez-vous doucement vers l'immeuble à vendre... Doucement !...

C'était la deuxième maison à droite, une des rares à égaler l'hôtel en hauteur. Elle se trouvait dans un pan d'obscurité complète et pourtant l'inspecteur eut l'impression qu'une lueur se reflétait sur une vitre sans rideau du second étage.

Petit à petit, il s'aperçut que ce n'était pas un reflet venu du dehors, mais une faible lumière intérieure. A mesure qu'il fixait le même point de l'espace, des choses y naissaient.

Un plancher ciré... Une bougie à demi brûlée dont la flamme était toute droite, entourée d'un halo...

— Il est là ! dit-il soudain en élevant le ton malgré lui.

— Chut !... Oui...

Quelqu'un était couché à même le parquet, moitié dans la partie éclairée par la bougie, moitié dans la pénombre. On voyait un soulier énorme, un torse large moulé dans un tricot de marin.

Leroy savait qu'il y avait un gendarme au bout de la ruelle, un autre sur la place, un autre encore qui faisait les cent pas sur le quai.

— Vous voulez l'arrêter ?...

— Je ne sais pas. Voilà trois heures qu'il dort.

— Il est armé ?...

— Il ne l'était pas ce matin...

On devinait à peine les syllabes prononcées. C'était un murmure indistinct, mêlé au souffle des respirations.

— Qu'attendons-nous ?...

— Je l'ignore... Je voudrais bien savoir pourquoi, alors qu'il est traqué et qu'il dort, il a allumé une bougie... Attention !...

Un carré jaune venait de naître sur un mur.

— On a fait de la lumière dans la chambre d'Emma, en dessous de nous... C'est le reflet...

— Vous n'avez pas dîné, commissaire ?...

— J'avais emporté du pain et du saucisson... Vous n'avez pas froid ?...

Ils étaient gelés tous les deux. Dans le ciel,

ils voyaient passer le rayon lumineux du phare à intervalles réguliers.

— Elle a éteint...

— Oui... Chut !...

Il y eut cinq minutes de silence, de morne attente. Puis la main de Leroy chercha celle de Maigret, la serra d'une façon significative.

— En bas...

— J'ai vu...

Une ombre, sur le mur crépi à la chaux qui séparait le jardin de la maison vide et la ruelle.

— Elle va le retrouver... souffla Leroy qui ne pouvait se résigner au silence.

Là-haut, l'homme dormait toujours, près de sa bougie. Un groseillier fut froissé dans le jardin. Un chat s'enfuit le long d'une gouttière.

— Vous n'avez pas un briquet à mèche d'amadou ?

Maigret n'osait pas rallumer sa pipe. Il hésita longtemps. Il finit par se faire un écran avec le veston de son compagnon et il frotta vivement une allumette tandis que l'inspecteur reniflait à nouveau l'odeur chaude de tabac.

— Regardez !...

Ils ne dirent plus rien. L'homme se levait d'un mouvement si soudain qu'il faillit renverser la bougie. Il reculait vers l'ombre, tandis que la porte s'ouvrait, qu'Emma apparaissait dans la lumière, hésitante, si piteuse qu'elle donnait l'impression d'une coupable.

Elle avait quelque chose sous le bras : une bouteille et un paquet qu'elle posa par terre. Le papier se défit en partie, laissa voir un poulet rôti.

Elle parlait. Ses lèvres remuaient. Elle ne disait que quelques mots, humblement, tristement. Mais son compagnon n'était pas visible pour les policiers.

Est-ce qu'elle ne pleurait pas ? Elle portait sa robe noire de fille de salle, la coiffe bretonne. Elle n'avait retiré que son tablier blanc et cela lui donnait une allure plus déjetée que d'habitude.

Oui ! Elle devait pleurer en parlant... En prononçant des mots espacés. Et, la preuve, c'est qu'elle s'appuyait soudain au chambranle de la porte, enfouissait le visage dans son bras replié. Son dos se soulevait à une cadence irrégulière.

L'homme, en surgissant, noircit presque tout le rectangle de la fenêtre, dégagea ensuite la perspective en s'avançant vers le fond de la pièce. Sa grosse main s'abattit sur l'épaule de la fille, lui imprima une secousse telle qu'Emma fit une volte-face complète, faillit tomber, montra une pauvre face blême, des lèvres gonflées par les sanglots.

Mais c'était aussi imprécis, aussi flou qu'un film projeté quand les lampes de la salle sont rallumées. Et il manquait autre chose : les bruits, les voix...

Toujours comme du cinéma : du cinéma sans musique.

Et pourtant c'était l'homme qui parlait. Il devait parler fort. C'était un ours. La tête rentrée dans les épaules, le torse moulé par son chandail qui faisait saillir les pectoraux, ses cheveux coupés ras comme ceux d'un forçat, les poings aux hanches, il criait des reproches, ou des injures, ou encore des menaces.

Il devait être prêt à frapper. A tel point que Leroy chercha à toucher Maigret davantage, comme pour se rassurer.

Emma pleurait toujours. Son bonnet, maintenant, était de travers. Son chignon allait tomber. Une fenêtre se ferma quelque part et apporta une diversion d'une seconde.

— Commissaire... est-ce que nous...

L'odeur de tabac enveloppait les deux hommes et leur donnait comme une illusion de tiédeur.

Pourquoi Emma joignait-elle les mains ?... Elle parlait à nouveau... Son visage était déformé par une trouble expression d'effroi, de prière, de douleur, et l'inspecteur Leroy entendit Maigret qui armait son revolver.

Il n'y avait que quinze à vingt mètres entre les deux groupes. Un claquement sec, une vitre qui volerait en éclats, et le colosse serait hors d'état de nuire.

Il marchait maintenant de long en large, les mains derrière le dos, semblait plus court, plus large. Son pied heurta le poulet. Il faillit glisser et il l'envoya rageusement rouler dans l'ombre.

Emma regarda de ce côté.

Que pouvaient-ils bien dire tous les deux ? Quel était le *leitmotiv* de ce dialogue pathétique ?

Car l'homme semblait répéter les mêmes mots ! Mais ne les répétait-il pas plus mollement ?...

Elle tomba à genoux, s'y jeta plutôt, sur son passage, et tendit les bras vers lui. Il feignit de ne pas la voir, l'évita, et elle ne fut plus à genoux, mais presque couchée, un bras implorant.

Tantôt on voyait l'homme, tantôt l'ombre l'absorbait. Quand il revint, il se dressa devant la fille suppliante qu'il regarda de haut en bas.

Il se remit à marcher, s'approcha, s'éloigna encore, et alors elle n'eut plus la force, ou le courage, d'étendre son bras vers lui, de supplier. Elle se laissa aller sur le plancher de tout son long. La bouteille de vin était à moins de vingt centimètres de sa main.

Ce fut inattendu. Le vagabond se pencha, baissa plutôt une de ses lourdes pattes, saisit le vêtement à l'épaule, et, d'un seul mouvement, mit Emma debout. Tout cela si brutalement qu'elle vacilla quand elle ne fut plus maintenue.

Et pourtant, son visage défait ne trahissait-il pas un espoir ? Le chignon était tombé. Le bonnet blanc traînait par terre.

L'homme marchait. Deux fois, il évita sa compagne désemparée.

114

La troisième fois, il la prit dans ses bras, il l'écrasa contre lui, lui renversa la tête. Et goulûment il colla ses lèvres aux siennes.

On ne voyait plus que son dos à lui, un dos inhumain, avec une petite main de femme crispée sur son épaule.

De ses gros doigts, la brute éprouvait le besoin, sans dessouder leurs lèvres, de caresser les cheveux qui pendaient, de les caresser comme s'il eût voulu anéantir sa compagne, l'écraser, mieux : se l'incorporer.

— Par exemple !... fit la voix chavirée de l'inspecteur.

Et Maigret avait été tellement empoigné qu'il faillit, par contrecoup, éclater de rire.

Y avait-il un quart d'heure qu'Emma était là ? L'étreinte avait cessé. La bougie n'en avait plus que pour cinq minutes. Et il y avait dans l'atmosphère une détente presque visible.

Est-ce que la fille de salle ne riait pas ? Elle avait dû trouver quelque part un bout de miroir. En pleine lumière, on la voyait rouler ses longs cheveux, les fixer d'une épingle, chercher par terre une autre épingle qu'elle avait perdue, la tenir entre ses dents pendant qu'elle posait son bonnet.

Elle était presque belle. Elle était belle ! Tout était émouvant, même sa taille plate, sa jupe noire, ses paupières rouges. L'homme avait ramassé le poulet. Et, sans la perdre de vue, il y mordait avec appétit, faisait craquer les os, arrachait des lambeaux de chair.

Il chercha un couteau dans sa poche, n'en trouva pas, cassa le goulot de la bouteille en le frappant sur son talon. Il but. Il voulut faire boire Emma, qui tenta de refuser, en riant. Peut-être le verre cassé lui faisait-il peur ? Mais il l'obligea à ouvrir la bouche, versa tout doucement le liquide.

Elle s'étrangla, toussa. Alors il la prit par les épaules, l'embrassa encore, mais non plus sur les lèvres. Il l'embrassait gaiement, à petits coups, sur les joues, sur les yeux, sur le front et même sur son bonnet de dentelle.

Elle était prête. Il vint coller son visage à la fenêtre et une fois encore il emplit presque en entier le rectangle lumineux. Quand il se retourna, ce fut pour éteindre la bougie.

L'inspecteur Leroy était crispé.

— Ils s'en vont ensemble...

— Oui...

— Ils se feront prendre...

Le groseillier du jardin trembla. Puis une forme fut hissée au sommet du mur. Emma se trouva dans l'impasse, attendit son amant.

— Tu vas les suivre, de loin... Surtout qu'à aucun moment ils ne t'aperçoivent !... Tu me donneras des nouvelles quand tu pourras...

Comme le vagabond l'avait fait pour sa compagne, Maigret aidait l'inspecteur à se hisser le long des ardoises jusqu'à la lucarne. Puis il se penchait pour regarder l'impasse, où les deux personnages n'étaient plus que des têtes.

Ils hésitaient. Ils chuchotaient. Ce fut la fille de salle qui entraîna l'homme vers une sorte de remise dans laquelle ils disparurent, car la porte n'était fermée que par un loquet.

C'était la remise du marchand de cordages. Elle communiquait avec le magasin, où, à cette heure, il n'y avait personne. Une serrure à forcer et le couple atteindrait le quai.

Mais Leroy y serait avant lui.

Dès qu'il eut descendu l'échelle du grenier, le commissaire comprit qu'il se passait quelque chose d'anormal. Il entendait une rumeur dans l'hôtel. En bas, le téléphone fonctionnait au milieu des éclats de voix.

Y compris la voix de Leroy, qui devait parler à l'appareil, car il élevait considérablement le ton !

Maigret dégringola l'escalier, arriva au rez-de-chaussée, se heurta à un journaliste.

— Eh bien ?...

— Un nouveau meurtre... Il y a un quart d'heure... En ville... Le blessé a été transporté à la pharmacie...

Le commissaire se précipita d'abord sur le quai, vit un gendarme qui courait en brandissant son revolver. Rarement le ciel avait été aussi noir. Maigret rejoignit l'homme.

— Que se passe-t-il ?...

— Un couple qui vient de sortir du magasin... Je faisais les cent pas en face...
L'homme m'est presque tombé dans les
bras... Ce n'est plus la peine de courir... Ils
doivent être loin !...

— Expliquez !

— J'entendais du bruit dans la boutique,
où il n'y avait pas de lumière... Je guettais,
l'arme au poing... La porte s'est ouverte... Un
type est sorti... Mais je n'ai pas eu le temps
de le mettre en joue... Il m'a donné un tel
coup de poing au visage que j'ai roulé par
terre... J'ai lâché mon revolver... Je n'avais
qu'une peur, c'est qu'il s'en saisît... Mais
non !... Il est allé chercher une femme qui
attendait sur le seuil... Elle ne pouvait pas
courir... Il l'a prise dans ses bras... Le temps
de me relever, commissaire... Un coup de
poing comme celui-là... Voyez !... Je saigne...
Ils ont longé le quai... Ils ont dû faire le tour
du bassin... Par là, il y a des tas de petites
rues, puis la campagne...

Le gendarme se tamponnait le nez de son
mouchoir.

— Il aurait pu me tuer tout comme !...
Son poing est un marteau...

On entendait toujours des éclats de voix
du côté de l'hôtel, dont les fenêtres étaient
éclairées. Maigret quitta le gendarme, tourna
l'angle, vit la pharmacie dont les volets
étaient clos, mais dont la porte ouverte laissait échapper un flot de lumière.

Une vingtaine de personnes formaient

grappe devant cette porte. Le commissaire les écarta à coups de coude.

Dans l'officine, un homme étendu à même le sol poussait des gémissements rythmés en fixant le plafond.

La femme du pharmacien, en chemise de nuit, faisait plus de bruit à elle seule que tout le monde réuni.

Et le pharmacien lui-même, qui avait passé un veston sur son pyjama, s'affolait, remuait des fioles, déchirait de grands paquets de coton hydrophile.

— Qui est-ce ? questionna Maigret.

Il n'attendit pas la réponse, car il avait reconnu l'uniforme de douanier, dont on avait lacéré une jambe du pantalon. Et maintenant il reconnaissait le visage.

C'était le douanier qui, le vendredi précédent, était de garde dans le port et avait assisté de loin au drame dont Mostaguen avait été victime.

Un docteur arrivait, affairé, regardait le blessé, puis Maigret, s'écriait :

— Qu'est-ce qu'il y a encore ?...

Un peu de sang coulait par terre. Le pharmacien avait lavé la jambe du douanier à l'eau oxygénée qui formait des traînées de mousse rose.

Un homme racontait, dehors, peut-être pour la dixième fois, d'une voix qui n'en restait pas moins haletante :

— J'étais couché avec ma femme quand j'ai entendu un bruit qui ressemblait à un coup de feu, puis un cri... Puis plus rien, peut-être pendant cinq minutes !... Je n'osais pas me rendormir... Ma femme voulait que j'aille voir... Alors on a perçu des gémissements qui avaient l'air de venir du trottoir, tout contre notre porte... Je l'ai ouverte... J'étais armé... J'ai vu une forme sombre... J'ai reconnu l'uniforme... Je me suis mis à crier, pour éveiller les voisins, et le marchand de fruits qui a une auto m'a aidé à amener le blessé ici...

— A quelle heure le coup de feu a-t-il éclaté ?...

— Il y a juste une demi-heure...

C'est-à-dire au moment le plus émouvant de la scène entre Emma et l'homme aux empreintes !

— Où habitez-vous ?...

— Je suis le voilier... Vous êtes passé dix fois devant chez moi... A droite du port... Plus loin que la halle aux poissons... Ma maison fait l'angle du quai et d'une petite rue... Après, les constructions s'espacent et il n'y a plus guère que des villas...

Quatre hommes transportaient le blessé dans une pièce du fond où ils l'étendaient sur un canapé. Le docteur donnait des ordres. On entendait dehors la voix du maire qui questionnait :

— Le commissaire est ici ?...

Maigret alla au-devant de lui, les deux mains dans les poches.

— Vous avouerez, commissaire...

Mais le regard de son interlocuteur était si froid que le maire perdit un instant contenance.

— C'est notre homme qui a fait le coup, n'est-ce pas ?

— Non !

— Qu'en savez-vous ?...

— Je le sais parce que, au moment où le crime a été commis, je le voyais à peu près aussi bien que je vous vois...

— Et vous ne l'avez pas arrêté ?

— Non !

— On me parle aussi d'un gendarme assailli...

— C'est exact.

— Vous rendez-vous compte des répercussions que de pareils drames peuvent avoir ?... Enfin ! c'est depuis que vous êtes ici que...

Maigret décrochait le récepteur du téléphone.

— Donnez-moi la gendarmerie, mademoiselle... Oui... Merci... Allô ! la gendarmerie ?... C'est le brigadier lui-même ?... Allô ! Ici, le commissaire Maigret... Le docteur Michoux est toujours là, bien entendu ?... Vous dites ?... Oui, allez vous en assurer quand même... Comment ?... Il y a un homme de garde dans la cour ?... Très bien... J'attends...

— Vous croyez que c'est le docteur qui... ?

— Rien du tout ! Je ne crois jamais rien, monsieur le maire !... Allô !... Oui !... Il n'a pas bougé ?... Merci... Vous dites qu'il dort ?... Très bien... Allô ! Non ! Rien de spécial...

Des gémissements arrivaient de la pièce du fond d'où une voix ne tarda pas à appeler :

— Commissaire...

C'était le médecin, qui essuyait ses mains encore savonneuses à une serviette.

— Vous pouvez l'interroger... La balle n'a fait qu'effleurer le mollet... Il a eu plus de peur que de mal... Il faut dire aussi que l'hémorragie a été assez forte...

Le douanier avait les larmes aux yeux. Il rougit quand le docteur poursuivit :

— Tout son effroi vient de ce qu'il croyait qu'on lui couperait la jambe... Alors que dans huit jours il n'y paraîtra plus !...

Le maire était debout dans l'encadrement de la porte.

— Racontez-moi comment c'est arrivé ! dit doucement Maigret en s'asseyant au bord du canapé. Ne craignez rien... Vous avez entendu ce qu'a dit le docteur...

— Je ne sais pas...

— Mais encore ?...

— Aujourd'hui, je finissais ma faction à dix heures... J'habite un peu plus loin que l'endroit où j'ai été blessé...

— Vous n'êtes donc pas rentré chez vous directement ?...

— Non ! J'ai vu qu'il y avait encore de la lumière au *Café de l'Amiral*... J'ai eu envie de savoir où les choses en étaient... Je vous jure que ma jambe me brûle !...

— Mais non ! Mais non ! affirma le médecin.

— Puisque je vous dis que... Enfin !... du moment que ce n'est rien !... J'ai bu un demi au café... Il y avait seulement des journalistes et je n'ai même pas osé les questionner...

— Qui vous a servi ?...

— Une femme de chambre, je crois... Je n'ai pas vu Emma.

— Ensuite ?...

— J'ai voulu rentrer chez moi... Je suis passé devant le corps de garde où j'ai allumé ma cigarette à la pipe de mon collègue... J'ai suivi les quais... J'ai tourné à droite... Il n'y avait personne... La mer était assez belle... Tout à coup, comme je venais à peine de dépasser un coin de rue, j'ai senti une douleur à la jambe, avant même d'entendre le bruit d'une détonation... C'était comme le choc d'un pavé que j'aurais reçu en plein mollet... Je suis tombé... J'ai voulu me relever... Quelqu'un courait... Ma main a rencontré un liquide chaud et, je ne sais pas comment cela s'est fait, mais j'ai tourné de l'œil... J'ai cru que j'étais mort...

» Quand je suis revenu à moi, le fruitier du coin ouvrait sa porte et n'osait pas avancer...

» C'est tout ce que je sais.

— Vous n'avez pas vu la personne qui a tiré ?...

— Je n'ai rien vu... Cela ne se passe pas comme on croit... Le temps de tomber... Et surtout, quand j'ai retiré ma main pleine de sang...

— Vous ne vous connaissez pas d'ennemi ?...

— Même pas !... Il n'y a que deux ans que je suis ici... Je suis originaire de l'intérieur du pays... Et je n'ai jamais eu l'occasion de voir des contrebandiers...

— Vous rentrez toujours chez vous par ce chemin ?...

— Non !... C'est le plus long... Mais je n'avais pas d'allumettes et je suis allé au corps de garde tout exprès pour allumer ma cigarette... Alors, au lieu de prendre par la ville, j'ai suivi les quais...

— C'est plus court par la ville ?...

— Un peu...

— Si bien que quelqu'un qui vous aurait vu sortir du café et gagner les quais aurait eu le temps d'aller se mettre en embuscade ?...

— Sûrement... Mais pourquoi ?... Je n'ai jamais d'argent sur moi... On n'a pas essayé de me voler...

— Vous êtes certain, commissaire, que vous n'avez pas cessé de voir *votre* vagabond pendant toute la soirée ?...

Il y avait quelque chose de pointu dans la voix du maire. Leroy entrait, un papier à la main.

— Un télégramme, que la poste vient de téléphoner à l'hôtel... C'est de Paris...

124

Et Maigret lut :

Sûreté Générale à commissaire Maigret, Concarneau.

Jean Goyard, dit Servières, dont avez envoyé signalement, arrêté ce lundi soir huit heures Hôtel Bellevue, rue Lepic, à Paris, au moment où s'installait chambre 15. A avoué être arrivé de Brest par train de six heures. Proteste innocence et demande être interrogé sur le fond en présence avocat. Attendons instructions.

8

Plus un !

— Vous conviendrez peut-être qu'il est temps, commissaire, que nous ayons un entretien sérieux...

Le maire avait prononcé ces mots avec une déférence glacée et l'inspecteur Leroy ne connaissait pas encore assez Maigret pour juger de ses émotions d'après sa façon de rejeter la fumée de sa pipe. Des lèvres entrouvertes du commissaire, ce fut un mince filet gris qui sortit lentement, tandis que les paupières avaient deux ou trois battements. Puis Maigret tira son calepin de sa poche, regarda autour de lui le pharmacien, le docteur, les curieux.

— A vos ordres, monsieur le maire... Voici...

— Si vous voulez venir prendre une tasse de thé chez moi... se hâta d'interrompre le

maire. J'ai ma voiture à la porte... J'attendrai
que vous ayez donné les ordres nécessaires...

— Quels ordres ?...

— Mais... l'assassin... le vagabond... cette
fille...

— Ah ! oui ! Eh bien, si la gendarmerie n'a
rien de mieux à faire, qu'elle surveille les
gares des environs...

Il avait son air le plus naïf.

— Quant à vous, Leroy, télégraphiez à
Paris qu'on nous expédie Goyard et allez
vous coucher.

Il prit place dans la voiture du maire, que
conduisait un chauffeur en livrée noire. Un
peu avant les Sables Blancs, on aperçut la
villa bâtie à même la falaise, ce qui lui donnait un petit air de château féodal. Des
fenêtres étaient éclairées.

Pendant la route, les deux hommes
n'avaient pas échangé deux phrases.

— Permettez que je vous montre le chemin...

Le maire abandonna sa pelisse aux mains
d'un maître d'hôtel.

— Madame est couchée ?

— Elle attend monsieur le maire dans la
bibliothèque...

On l'y trouva en effet. Bien qu'âgée d'une
quarantaine d'années, elle paraissait très
jeune à côté de son mari, qui en avait
soixante-cinq. Elle adressa un signe de tête
au commissaire.

— Eh bien ?...

Très homme du monde, le maire lui baisa la main, qu'il garda dans la sienne tandis qu'il disait :

— Rassurez-vous !... Un douanier légèrement blessé... Et j'espère qu'après la conversation que nous allons avoir, le commissaire Maigret et moi, cet inadmissible cauchemar prendra fin...

Elle sortit, dans un froissement de soie. Une portière de velours bleu retomba. La bibliothèque était vaste, les murs recouverts de belles boiseries, le plafond à poutres apparentes, comme dans les manoirs anglais.

On apercevait d'assez riches reliures, mais les plus précieuses devaient se trouver dans une bibliothèque close qui occupait tout un pan de mur.

L'ensemble était d'une réelle somptuosité, sans faute de goût, le confort parfait. Bien qu'il y eût le chauffage central, des bûches flambaient dans une cheminée monumentale.

Aucun rapport avec le faux luxe de la villa du docteur. Le maire choisissait parmi des boîtes de cigares, en tendait une à Maigret.

— Merci ! Si vous le permettez, je fumerai ma pipe...

— Asseyez-vous, je vous en prie... Vous prendrez du whisky ?...

Il pressa un timbre, alluma un cigare. Le maître d'hôtel vint les servir. Et Maigret, peut-être volontairement, avait l'air gauche d'un petit-bourgeois reçu dans une demeure aristocratique. Ses traits semblaient plus épais, son regard flou.

Son hôte attendit le départ du domestique.

— Vous devez comprendre, commissaire, qu'il n'est pas possible que cette série de crimes continue... Voilà... voyons, voilà cinq jours que vous êtes ici... Et, depuis cinq jours...

Maigret tira de sa poche son calepin de blanchisseuse recouvert de toile cirée.

— Vous permettez ?... interrompit-il. Vous parlez d'une série de crimes... Or, je remarque que toutes les victimes sont vivantes, sauf une... Une seule mort : celle de M. Le Pommeret... Pour ce qui est du douanier, vous avouerez que, si quelqu'un avait vraiment voulu attenter à sa vie, il ne l'aurait pas atteint à la jambe... Vous connaissez l'endroit où le coup de feu a été tiré... L'agresseur était invisible... Il a pu prendre tout son temps... A moins qu'il n'ait jamais tenu un revolver ?...

Le maire le regarda avec étonnement, dit en saisissant son verre :

— Si bien que vous prétendez... ?

— Qu'on a voulu le blesser à la jambe... Du moins jusqu'à preuve du contraire...

— A-t-on voulu atteindre M. Mostaguen à la jambe aussi ?

L'ironie perçait. Les narines du vieillard frémissaient. Il voulait être poli, rester calme, parce qu'il était chez lui. Mais il y avait un sifflement désagréable dans sa voix.

Maigret, avec l'air d'un bon fonctionnaire qui rend des comptes à un supérieur, poursuivit :

— Si vous le voulez bien, nous allons reprendre mes notes une à une... Je lis à la date du vendredi 7 novembre :

» *Une balle est tirée par la boîte aux lettres d'une maison inhabitée dans la direction de M. Mostaguen.*

» Vous remarquerez tout d'abord que personne, pas même la victime, ne pouvait savoir qu'à un moment donné M. Mostaguen aurait l'idée de s'abriter sur un seuil pour allumer son cigare... Un peu de vent en moins et le crime n'avait pas lieu !... Or, il y avait néanmoins un homme armé d'un revolver derrière la porte... Ou bien c'était un fou, ou bien il attendait *quelqu'un qui devait venir*... Maintenant, souvenez-vous de l'heure !... Onze heures du soir... Toute la ville dort, hormis le petit groupe du *Café de l'Amiral.*

» Je ne conclus pas. Voyons les coupables possibles. MM. Le Pommeret et Jean Servières, ainsi qu'Emma, sont hors de cause, puisqu'ils se trouvaient dans le café.

» Restent le docteur Michoux, sorti un quart d'heure plus tôt, et le vagabond aux empreintes formidables. Plus un inconnu que nous appellerons Ixe. Nous sommes d'accord ?

» Ajoutons en marge que M. Mostaguen

n'est pas mort et que dans quinze jours il sera sur pied.

» Passons au deuxième drame. *Le lendemain samedi, je suis au café avec l'inspecteur Leroy. Nous allons prendre l'apéritif avec MM. Michoux, Le Pommeret et Jean Servières, quand le docteur est pris de soupçon en regardant son verre. L'analyse prouve que la bouteille de pernod est empoisonnée.*

» Coupables possibles : MM. Michoux, Le Pommeret, Servières, la fille de salle Emma, le vagabond — qui a pu, au cours de la journée, pénétrer dans le café sans être vu — et enfin notre inconnu, que nous avons désigné sous le nom de Ixe.

» Continuons. *Le dimanche matin, Jean Servières a disparu. Sa voiture est retrouvée, sanglante, non loin de chez lui. Avant même cette découverte,* Le Phare de Brest *a reçu un compte rendu des événements bien fait pour semer la panique à Concarneau.*

» *Or, Servières est vu à Brest d'abord, à Paris ensuite, où il semble se cacher et où il se trouve évidemment de son plein gré.*

» Un seul coupable possible : Servières lui-même.

» *Le même dimanche, M. Le Pommeret prend l'apéritif avec le docteur, rentre chez lui, y dîne et meurt peu après des suites d'un empoisonnement par la strychnine.*

» Coupables possibles : au café, si c'est là qu'il a été empoisonné, le docteur, Emma, et enfin notre Ixe.

» Ici, en effet, le vagabond doit être mis hors de cause, car la salle n'a pas été vide un seul instant et ce n'est plus la bouteille qui a été empoisonnée mais un seul verre.

» Si le crime a été commis dans la maison de Le Pommeret, coupables possibles : sa logeuse, le vagabond et notre Ixe sempiternel.

» Ne vous impatientez pas... Nous arrivons au bout... *Ce soir, un douanier reçoit une balle dans la jambe alors qu'il passe dans une rue déserte... Le docteur n'a pas quitté la prison, où il est surveillé de près... Le Pommeret est mort... Servières est à Paris entre les mains de la Sûreté Générale... Emma et le vagabond, à la même heure, sont occupés, sous mes yeux, à s'étreindre, puis à dévorer un poulet...*

» Donc, un seul coupable possible : Ixe...

» C'est-à-dire un individu que nous n'avons pas encore rencontré au cours des événements... Un individu qui peut avoir tout fait comme il peut n'avoir commis que ce dernier crime...

» Celui-là, nous ne le connaissons pas. Nous n'avons pas son signalement... Une seule indication : il avait intérêt, cette nuit, à provoquer un drame... Un intérêt puissant... Car ce coup de feu n'a pas été tiré par un rôdeur.

» Maintenant, ne me demandez pas de l'arrêter... Car vous conviendrez, monsieur le maire, que chacun dans la ville, que tous ceux surtout qui connaissent les principaux personnages mêlés à cette histoire et qui, en particulier, fréquentent au *Café de l'Amiral* sont susceptibles d'être cet Ixe...

» Vous-même...

Ces derniers mots furent dits d'un ton léger en même temps que Maigret se renversait dans son fauteuil, étendait les jambes vers les bûches.

Le maire n'avait eu qu'un tressaillement.

— J'espère que ce n'est qu'une petite vengeance...

Alors Maigret se leva soudain, secoua sa pipe dans le foyer, prononça en arpentant la bibliothèque :

— Même pas ! Vous voulez des conclusions ? Eh bien ! en voilà... J'ai tenu simplement à vous montrer qu'une affaire comme celle-ci n'est pas une simple opération de police qu'on dirige de son fauteuil à coups de téléphone... Et j'ajouterai, monsieur le maire, avec tout le respect que je vous dois, que, quand je prends la responsabilité d'une enquête, je tiens avant tout à ce qu'on me f... la paix !

C'était sorti tout à trac. Il y avait des jours que cela couvait. Maigret, peut-être pour se calmer, but une gorgée de whisky, regarda la porte en homme qui a dit ce qu'il avait à dire et qui n'attend plus que la permission de s'en aller.

Son interlocuteur resta un bon moment silencieux, à contempler la cendre blanche de son cigare. Il finit par la laisser tomber dans un bol de porcelaine bleue, puis il se leva lentement, chercha des yeux le regard de Maigret.

— Ecoutez-moi, commissaire...

Il devait peser ses mots, car ceux-ci étaient espacés par des silences.

— J'ai peut-être eu tort, au cours de nos brèves relations, de manifester quelque impatience...

C'était assez inattendu. Surtout dans ce cadre, où le vieillard avait l'air plus racé que jamais, avec ses cheveux blancs, son veston bordé de soie, son pantalon gris au pli rigide.

— Je commence à vous apprécier à votre juste valeur... En quelques minutes, à l'aide d'un simple résumé des faits, vous m'avez fait toucher du doigt le mystère angoissant, d'une complexité que je ne soupçonnais pas, qui est à la base de cette affaire... J'avoue que votre inertie en ce qui concerne le vagabond n'a pas été sans m'indisposer contre vous...

Il s'était approché du commissaire dont il toucha l'épaule.

— Je vous demande de ne pas m'en tenir rigueur... J'ai de lourdes responsabilités, moi aussi...

Il eût été impossible de deviner les sentiments de Maigret, qui était occupé à bourrer une pipe de ses gros doigts. Sa blague à tabac était usée. Son regard errait à travers une baie sur le vaste horizon de la mer.

— Quelle est cette lumière ? questionna-t-il soudain.

— C'est le phare...

— Non ! Je parle de cette petite lumière à droite...

— La maison du docteur Michoux...

— La servante est donc revenue ?

— Non ! C'est Mme Michoux, la mère du docteur, qui est rentrée cet après-midi...

— Vous l'avez vue ?...

Maigret crut sentir une certaine gêne chez son hôte.

— C'est-à-dire qu'elle s'est étonnée de ne pas trouver son fils... Elle est venue s'informer ici... Je lui ai appris l'arrestation, en expliquant que c'était plutôt une mesure de protection... Car c'est bien cela, n'est-ce pas ?... Elle m'a demandé l'autorisation de lui rendre visite en prison... A l'hôtel, on ne savait pas ce que vous étiez devenu... J'ai pris sur moi de permettre cette visite...

» Mme Michoux est revenue peu avant le dîner pour avoir les dernières nouvelles... C'est ma femme qui l'a reçue et qui l'a invitée à dîner...

— Elles sont amies ?

— Si vous voulez ! Plus exactement, des relations de bon voisinage... L'hiver, il y a très peu de monde à Concarneau...

Maigret reprenait sa promenade à travers la bibliothèque.

— Vous avez donc dîné à trois ?...

— Oui... C'est arrivé assez souvent... J'ai rassuré comme je l'ai pu Mme Michoux, qui était très impressionnée par cette démarche à la gendarmerie... Elle a eu beaucoup de mal à élever son fils, dont la santé n'est pas brillante...

— Il n'a pas été question de Le Pommeret et de Jean Servières ?...

— Elle n'a jamais aimé Le Pommeret... Elle l'accusait d'entraîner son fils à boire... Le fait est que...

— Et Servières ?...

— Elle le connaissait moins... Il n'appartenait pas au même monde... Un petit journaliste, une relation de café, si vous voulez, un garçon amusant... Mais, par exemple, on ne peut pas recevoir sa femme, dont le passé n'est pas irréprochable... C'est la petite ville, commissaire !... Il faut vous résigner à ces distinctions... Elles vous expliquent en partie mes humeurs... Vous ignorez ce que c'est d'administrer une population de pêcheurs tout en tenant compte des susceptibilités des patrons et enfin d'une certaine bourgeoisie qui...

— A quelle heure Mme Michoux est-elle partie d'ici ?

— Vers dix heures... Ma femme l'a reconduite en voiture...

— Cette lumière nous prouve que Mme Michoux n'est pas encore couchée...

— C'est son habitude... La mienne aussi !... A un certain âge, on n'a plus besoin de beaucoup de sommeil... Très tard dans la nuit, je suis encore ici à lire, ou à feuilleter des dossiers...

— Les affaires des Michoux sont pros-
pères ?

Nouvelle gêne, à peine marquée.

— Pas encore... Il faut attendre que les
Sables Blancs soient mis en valeur... Etant
donné les relations de Mme Michoux à Paris,
cela ne tardera pas... De nombreux lots sont
vendus... Au printemps, on commencera à
bâtir... Au cours du voyage qu'elle vient de
faire, elle a à peu près décidé un banquier
dont je ne puis vous dire le nom à construire
une magnifique villa au sommet de la côte...

— Une question encore, monsieur le
maire... A qui appartenaient auparavant les
terrains qui font l'objet du lotissement ?

Son interlocuteur n'hésita pas.

— A moi ! C'est un bien de famille,
comme cette villa. Il n'y poussait que de la
bruyère et des genêts quand les Michoux ont
eu l'idée...

A ce moment, la lumière au loin s'éteignit.

— Encore un verre de whisky, commissaire ?... Bien entendu, je vous ferai reconduire par mon chauffeur...

— Vous êtes trop aimable. J'adore marcher, surtout quand je dois réfléchir...

— Que pensez-vous de cette histoire de
chien jaune ?... Je confesse que c'est peut-
être ce qui me déroute le plus... Ça et le pernod empoisonné !... Car enfin...

Mais Maigret cherchait son chapeau et
son manteau autour de lui. Le maire ne put
que pousser le bouton électrique.

— Les vêtements du commissaire, Delphin !

Le silence fut si absolu qu'on entendit le bruit sourd, scandé, du ressac sur les rochers servant de base à la villa.

— Vous ne voulez vraiment pas ma voiture ?...

— Vraiment...

Il restait dans l'atmosphère comme des lambeaux de gêne qui ressemblaient aux lambeaux de fumée de tabac s'étirant autour des lampes.

— Je me demande ce que va être demain l'état d'esprit de la population... Si la mer est belle, du moins aurons-nous les pêcheurs en moins dans les rues, car ils en profiteront pour aller poser leurs casiers...

Maigret prit son manteau des mains du maître d'hôtel, tendit sa grosse main. Le maire avait encore des questions à poser, mais il hésitait, à cause de la présence du domestique.

— Combien de temps croyez-vous qu'il faille désormais pour...

L'horloge marquait une heure du matin.

— Ce soir, j'espère que tout sera fini...

— Si vite ?... Malgré ce que vous m'avez dit tout à l'heure ?... Dans ce cas, vous comptez sur Goyard ?... A moins que...

Il était trop tard. Maigret s'engageait dans l'escalier. Le maire cherchait une dernière phrase à prononcer. Il ne trouvait rien qui traduisît son sentiment.

— Je suis confus de vous laisser rentrer à pied... par ces chemins...

La porte se referma. Maigret était sur la route avec, au-dessus de sa tête, un beau ciel aux nuages lourds qui jouaient à passer au plus vite devant la lune.

L'air était vif. Le vent venait du large, sentait le goémon dont on devinait les gros tas noirs sur le sable de la plage.

Le commissaire marcha lentement, les mains dans les poches, la pipe aux dents. Il vit de loin, en se retournant, les lumières s'éteindre dans la bibliothèque, puis d'autres qui s'allumaient au second étage où les rideaux les étouffèrent.

Il ne prit pas à travers la ville, mais longea la côte, comme le douanier l'avait fait, s'arrêta un instant à l'angle où l'homme avait été blessé. Tout était calme. Un réverbère, de loin en loin. Concarneau dormait.

Quand il arriva sur la place, il vit les baies du café qui étaient encore éclairées et qui troublaient la paix de la nuit de leur halo vénéneux.

Il poussa la porte. Un journaliste dictait, au téléphone :

— ... *On ne sait plus qui soupçonner. Les gens, dans les rues, se regardent avec angoisse. Peut-être est-ce celui-ci le meurtrier ? Peut-être celui-là ? Jamais atmosphère de mystère et de peur ne fut si épaisse...*

Le patron, lugubre, était lui-même à sa caisse. Quand il aperçut le commissaire, il

140

voulut parler. On devinait d'avance ses récriminations.

Le café était en désordre. Il y avait des journaux sur toutes les tables, des verres vides, et un photographe était occupé à faire sécher des épreuves sur le radiateur.

L'inspecteur Leroy s'avança vers son chef.

— C'est Mme Goyard... dit-il à mi-voix en désignant une femme grassouillette affalée sur la banquette.

Elle se levait. Elle s'essuyait les yeux.

— Dites, commissaire !... Est-ce vrai ?... Je ne sais plus qui croire... Il paraît que Jean est vivant ?... Mais ce n'est pas possible, n'est-ce pas ? qu'il ait joué cette comédie !... Il ne m'aurait pas fait ça !... Il ne m'aurait pas laissée dans une pareille inquiétude !... Il me semble que je deviens folle !... Qu'est-ce qu'il serait allé faire à Paris ?... Dites !... Et sans moi !...

Elle pleurait. Elle pleurait comme certaines femmes savent pleurer, à grand renfort de larmes fluides qui roulaient sur ses joues, coulaient jusqu'à son menton tandis que sa main pressait un sein charnu.

Et elle reniflait. Elle cherchait son mouchoir. Elle voulait parler par surcroît.

— Je vous jure que ce n'est pas possible !... Je sais bien qu'il était un peu coureur... Mais il n'aurait pas fait ça !... Quand il revenait, il me demandait pardon... Comprenez-vous ?... Ils disent...

Elle désigna les journalistes.

— ... ils disent que c'est lui-même qui a fait les taches de sang dans la voiture, pour laisser croire à un crime... Mais alors, c'est qu'il n'aurait pas eu l'intention de revenir !... Et je sais, moi, vous entendez, je suis sûre qu'il serait revenu !... Il n'aurait jamais fait la noce si les autres ne l'avaient pas entraîné... M. Le Pommeret... Le docteur... Et le maire !... Et tous, qui ne me saluaient même pas dans la rue, parce que j'étais trop peu de chose pour eux !...

» On m'a dit qu'il était arrêté... Je refuse de le croire... Qu'est-ce qu'il aurait fait de mal ?... Il gagnait assez pour le train de vie que nous menions... On était heureux, malgré les bombes qu'il s'offrait de temps en temps...

Maigret la regarda, soupira, prit un verre sur la table, en avala le contenu d'un trait et murmura :

— Vous m'excuserez, madame... Il faut que j'aille dormir...

— Vous croyez, vous aussi, qu'il est coupable de quelque chose ?...

— Je ne crois jamais rien... Faites comme moi, madame... Demain, c'est encore un jour...

Et il gravit l'escalier à pas lourds tandis que le journaliste, qui n'avait pas quitté l'appareil téléphonique, tirait parti de cette dernière phrase.

— *Aux dernières nouvelles, c'est demain*

142

*que le commissaire Maigret compte élucider
définitivement le mystère.*

Il ajouta d'une autre voix :

— C'est tout, mademoiselle... Surtout,
dites au patron qu'il ne change pas une ligne
à mon papier... Il ne peut pas comprendre...
Il faut être sur les lieux...

Ayant raccroché, il commanda en pous-
sant son bloc-notes dans sa poche :

— Un grog, patron !... Beaucoup de rhum
et un tout petit peu d'eau chaude...

Cependant que Mme Goyard acceptait
l'offre qu'un reporter lui faisait de la reconduire. Et elle recommençait chemin faisant
ses confidences :

— A part qu'il était un peu coureur... Mais
vous comprenez, monsieur !... Tous les
hommes le sont !...

9

La boîte aux coquillages

Maigret était de si bonne humeur, le lendemain matin, que l'inspecteur Leroy osa le suivre en bavardant, et même lui poser des questions.

D'ailleurs, sans qu'on eût pu dire pourquoi, la détente était générale. Cela tenait peut-être au temps qui, tout à coup, s'était mis au beau. Le ciel semblait avoir été lavé tout fraîchement. Il était bleu, d'un bleu un peu pâle mais vibrant où scintillaient de légères nuées. Du fait, l'horizon était plus vaste, comme si on eût creusé la calotte céleste. La mer, toute plate, scintillait, plantée de petites voiles qui avaient l'air de drapeaux épinglés sur une carte d'état-major.

Or, il ne faut qu'un rayon de soleil pour transformer Concarneau, car alors les murailles de la vieille ville, lugubres sous la pluie, deviennent d'un blanc joyeux, éclatant.

Les journalistes, en bas, fatigués par les allées et venues des trois dernières journées, se racontaient des histoires en buvant leur café, et l'un d'eux était descendu en robe de chambre, les pieds nus dans des mules.

Maigret, lui, avait pénétré dans la chambre d'Emma, une mansarde plutôt, dont la fenêtre à tabatière s'ouvrait sur la ruelle et dont le plafond en pente ne permettait de se tenir debout que dans la moitié de la pièce.

La fenêtre était ouverte. L'air était frais, mais on y sentait des caresses de soleil. Une femme en avait profité pour mettre du linge à sécher à sa fenêtre, de l'autre côté de la venelle. Dans une cour d'école, quelque part, vibrait une rumeur de récréation.

Et Leroy, assis au bord du petit lit de fer, remarquait :

— Je ne comprends pas encore tout à fait vos méthodes, commissaire, mais je crois que je commence à deviner...

Maigret le regarda de ses yeux rieurs, envoya dans le soleil une grosse bouffée de fumée.

— Vous avez de la chance, vieux ! Surtout en ce qui concerne cette affaire, dans laquelle ma méthode a justement été de ne pas en avoir... Si vous voulez un bon conseil, si vous tenez à votre avancement, n'allez surtout pas prendre modèle sur moi, ni essayer de tirer des théories de ce que vous me voyez faire...

— Pourtant... je constate que maintenant

vous en arrivez aux indices matériels, après que...

— Justement, après ! Après tout ! Autrement dit, j'ai pris l'enquête à l'envers, ce qui ne m'empêchera peut-être pas de prendre la prochaine à l'endroit... Question d'atmosphère... Question de têtes... Quand je suis arrivé ici, je suis tombé sur une tête qui m'a séduit et je ne l'ai plus lâchée...

Mais il ne dit pas à qui appartenait cette tête. Il soulevait un vieux drap de lit qui cachait une penderie. Elle contenait un costume breton en velours noir qu'Emma devait réserver pour les jours de fête.

Sur la toilette, un peigne aux nombreuses dents cassées, des épingles à cheveux et une boîte de poudre de riz trop rose. C'est dans un tiroir qu'il trouva ce qu'il semblait chercher : une boîte ornée de coquillages brillants comme on en vend dans tous les bazars du littoral. Celle-ci, qui datait peut-être de dix ans et qui avait parcouru Dieu sait quel chemin, portait les mots : *Souvenir d'Ostende*.

Il s'en dégageait une odeur de vieux carton, de poussière, de parfum et de papier jauni. Maigret, qui s'était assis au bord du lit près de son compagnon, faisait de ses gros doigts l'inventaire de menues choses.

Il y avait un chapelet aux boules de verre bleu taillées à facettes, à la frêle chaînette d'argent, une médaille de première communion, un flacon de parfum vide qu'Emma avait dû garder à cause de sa forme séduisante et qu'elle avait peut-être trouvé dans la chambre d'une locataire...

Une fleur en papier, souvenir d'un bal ou d'une fête, apportait une note d'un rouge vif.

A côté, une petite croix, en or, était le seul objet d'un peu de valeur.

Tout un tas de cartes postales. L'une représentait un grand hôtel de Cannes. Au dos, une écriture de femme :

Tu feré mieu de venir isi que de resté dan ton sale trou ou i pleu tout le tant. Et on gagnes bien. On mange tan qu'ont veu. Je t'embrasse.
Louise

Maigret passa la carte à l'inspecteur, regarda attentivement une de ces photographies de foire que l'on obtient en tirant une balle au milieu d'une cible.

Par le fait qu'il épaulait la carabine, on voyait à peine l'homme, dont un œil était fermé. Il avait une carrure énorme, une casquette de marin sur la tête. Et Emma, souriant à l'objectif, lui tenait ostensiblement le bras. Au bas de la carte, la mention : *Quimper.*

Une lettre, au papier si froissé qu'elle avait dû être relue maintes fois :

Ma chérie,
C'est dit, c'est signé : j'ai mon bateau. Il s'appellera : La Belle Emma. *Le curé de Quim-*

per m'a promis de le baptiser la semaine pro-
chaine, avec l'eau bénite, les grains de blé, le
sel et tout, et il y aura du vrai champagne,
parce que je veux que ce soit une fête dont on
parle longtemps dans le pays.

Ce sera un peu dur au début de le payer, car
je dois verser à la banque dix mille francs par
an. Mais pense qu'il porte cent brasses carrées
de toile et qu'il filera ses dix nœuds. Il y a gros
à gagner en transportant les oignons en Angle-
terre. C'est te dire qu'on ne tardera pas à se
marier. J'ai déjà trouvé du fret pour le premier
voyage mais on essaie de me refaire parce que
je suis nouveau.

Ta patronne pourrait bien te donner deux
jours de congé pour le baptême car tout le
monde sera saoul et tu ne pourras pas rentrer
à Concarneau. Il a déjà fallu que je paie des
tournées dans les cafés à cause du bateau qui
est déjà dans le port et qui a un pavillon tout
neuf.

Je me ferai photographier dessus et je
t'enverrai la photo. Je t'embrasse comme je
t'aime en attendant que tu sois la femme ché-
rie de ton

Léon

Maigret glissa la lettre dans sa poche, en
regardant d'un air rêveur le linge qui séchait
de l'autre côté de l'impasse. Il n'y avait plus
rien dans la boîte aux coquillages, sinon un
porte-plume en os découpé où l'on voyait,

dans une lentille de verre, la crypte de Notre-Dame de Lourdes.

— Il y a quelqu'un dans la chambre qu'occupait habituellement le docteur ? questionna-t-il.

— Je ne le pense pas. Les journalistes sont installés au second...

Le commissaire fouilla encore la pièce, par acquit de conscience, mais ne trouva rien d'intéressant. Un peu plus tard, il était au premier étage, poussait la porte de la chambre 3, celle dont le balcon domine le port et la rade.

Le lit était fait, le plancher ciré. Il y avait des serviettes propres sur le broc.

L'inspecteur suivait des yeux son chef avec une curiosité mêlée de scepticisme. Maigret, d'autre part, sifflotait en regardant autour de lui, avisait une petite table de chêne posée devant la fenêtre et ornée d'un sous-main réclame et d'un cendrier.

Dans le sous-main, il y avait du papier blanc à en-tête de l'hôtel et une enveloppe bleue portant les mêmes mentions. Mais il y avait aussi deux grandes feuilles de papier buvard, l'une presque noire d'encre, l'autre à peine tachetée de caractères incomplets.

— Allez me chercher un miroir, vieux !

— Un grand ?

— Peu importe ! Un miroir que je puisse poser sur la table.

Quand l'inspecteur revint, il trouva Maigret campé sur le balcon, les doigts passés dans les entournures du gilet, fumant sa pipe avec une satisfaction évidente.

— Celui-ci conviendra ?...

La fenêtre fut refermée. Maigret posa le miroir debout sur la table et, à l'aide de deux chandeliers qu'il prit sur la cheminée, il dressa vis-à-vis la feuille de papier buvard.

Les caractères reflétés dans la glace étaient loin d'être d'une lecture facile. Des lettres, des mots entiers manquaient. Il fallait en deviner d'autres, trop déformés.

— J'ai compris ! dit Leroy d'un air malin.

— Bon ! alors, allez demander au patron un carnet de comptes d'Emma... ou n'importe quoi écrit par elle...

Il transcrivit des mots, au crayon, sur une feuille de papier.

... te voir... heures... inhabitée... absolument...

Quand l'inspecteur revint, le commissaire, remplissant les vides avec approximation, reconstituait le billet suivant :

J'ai besoin de te voir. Viens demain à onze heures dans la maison inhabitée qui se trouve sur la place, un peu plus loin que l'hôtel. Je compte absolument sur toi. Tu n'auras qu'à frapper et je t'ouvrirai la porte.

— Voici le carnet de la blanchisseuse, qu'Emma tenait à jour ! annonça Leroy.

— Je n'en ai plus besoin... La lettre est signée... Regardez ici... *mma*... Autrement dit : *Emma*... Et la lettre a été écrite dans cette chambre !...

— Où la fille de salle retrouvait le docteur ? s'effara l'inspecteur.

Maigret comprit sa répugnance à admettre cette hypothèse, surtout après la scène à laquelle, couchés sur la corniche, ils avaient assisté la veille.

— Dans ce cas, ce serait elle qui... ?

— Doucement ! Doucement, petit ! Pas de conclusions hâtives ! Et surtout pas de déductions !... A quelle heure arrive le train qui doit nous amener Jean Goyard ?...

— Onze heures trente-deux...

— Voici ce que vous allez faire, vieux !... Vous direz d'abord aux deux collègues qui l'accompagnent de me conduire le bonhomme à la gendarmerie... Il y arrivera donc vers midi... Vous téléphonerez au maire que je serais heureux de le voir à la même heure, au même endroit... Attendez !... Même message pour Mme Michoux, que vous toucherez téléphoniquement à sa villa... Enfin, il est probable que d'un moment à l'autre les policiers ou les gendarmes vous amèneront Emma et son amant... Même destination, même heure !... Est-ce que je n'oublie personne ?... Bon ! une recommandation !... Qu'Emma ne soit pas interrogée en mon absence... Empêchez-la même de parler...

— Le douanier ?...

— Je n'en ai pas besoin.

— M. Mostaguen...

— Heu !... Non !... C'est tout !...

Dans le café, Maigret commanda un marc

du pays, qu'il dégusta avec un visible plaisir tout en lançant aux journalistes :

— Cela se tire, messieurs !... Ce soir, vous pourrez regagner Paris...

Sa promenade à travers les rues tortueuses de la vieille ville accrut sa bonne humeur. Et, quand il arriva devant la porte de la gendarmerie, surmontée du clair drapeau français, il nota que l'atmosphère, par la magie du soleil, des trois couleurs, du mur ruisselant de lumière, avait une allégresse de 14 Juillet.

Un vieux gendarme assis sur une chaise, de l'autre côté de la poterne, lisait un journal amusant. La cour, avec tous ses petits pavés séparés par des traits de mousse verte, avait la sérénité d'une cour de couvent.

— Le brigadier ?...

— Ils sont tous en route, le lieutenant, le brigadier et la plupart des hommes, à la recherche du vagabond que vous savez...

— Le docteur n'a pas bougé ?...

L'homme sourit en regardant la fenêtre grillagée du cachot, à droite.

— Il n'y a pas de danger !

— Ouvrez-moi la porte, voulez-vous ?

Et, dès que les verrous furent tirés, il lança d'une voix joyeuse, cordiale :

— Bonjour, docteur !... Vous avez bien dormi, au moins ?...

Mais il ne vit qu'un pâle visage en lame de couteau qui, sur le lit de camp, émergeait d'une couverture grise. Les prunelles étaient fiévreuses, profondément enfoncées dans les orbites.

— Alors quoi ? Ça ne va pas ?...

— Très mal... articula Michoux en se soulevant sur sa couche avec un soupir. C'est mon rein...

— On vous donne tout ce dont vous avez besoin, j'espère ?

— Oui... Vous êtes bien aimable...

Il s'était couché tout habillé. Il sortit les jambes de la couverture, s'assit, se passa la main sur le front. Et Maigret, au même moment, enfourchait une chaise, s'accoudait au dossier, éclatant de santé, d'entrain.

— Dites donc ! je vois que vous avez commandé du bourgogne !...

— C'est ma mère qui me l'a apporté hier... J'aurais autant aimé éviter cette visite... Elle a dû avoir vent de quelque chose, à Paris... Elle est rentrée...

Le cerne des paupières rongeait la moitié des joues non rasées, qui semblaient plus creuses. Et l'absence de cravate comme le complet fripé accroissaient l'impression de détresse qui se dégageait du personnage.

Il s'interrompait de parler pour toussoter. Il cracha même ostensiblement dans son mouchoir qu'il regarda en homme qui craint la tuberculose et qui s'observe avec anxiété.

— Vous avez du nouveau ? questionna-t-il avec lassitude.

154

— Les gendarmes ont dû vous parler du drame de cette nuit ?

— Non... Qu'est-ce que... ? Qui a été... ?

Il s'était collé au mur comme s'il eût craint d'être assailli.

— Bah ! Un passant, qui a reçu une balle dans la jambe...

— Et on tient le... le meurtrier ?... Je n'en peux plus, commissaire !... Avouez qu'il y a de quoi devenir fou... Encore un client du *Café de l'Amiral*, n'est-ce pas ?... C'est nous que l'on vise !... Et je me creuse en vain la tête pour deviner pourquoi... Oui, pourquoi ?... Mostaguen !... Le Pommeret !... Goyard !... Et le poison qui nous était destiné à tous !... Vous verrez qu'ils finiront par m'atteindre malgré tout, ici même !... Mais pourquoi, dites ?...

Il n'était plus pâle. Il était livide. Et il faisait mal à voir tant il illustrait l'idée de panique dans ce qu'elle a de plus pitoyable, de plus affreux.

— Je n'ose pas dormir... Cette fenêtre, tenez !... Il y a des barreaux... Mais il est possible de tirer à travers... La nuit !... Un gendarme, ça peut s'endormir, ou penser à autre chose... Je ne suis pas né pour une vie pareille, moi !... Hier, j'ai bu toute cette bouteille, avec l'espoir de dormir... Et je n'ai pas fermé l'œil !... J'ai été malade !... Si seulement on était parvenu à abattre ce vagabond, avec son chien jaune...

» Est-ce qu'on l'a revu, le chien ?... Est-ce

qu'il rôde toujours autour du café ?... Je ne comprends pas qu'on ne lui ait pas envoyé une balle dans la peau... A lui et à son maître !...

— Son maître a quitté Concarneau cette nuit...

— Ah !...

Le docteur semblait avoir peine à y croire.

— Tout de suite après... après son nouveau crime ?...

— Avant !...

— Mais alors ?... Ce n'est pas possible !... Il faut croire que...

— C'est cela ! Je le disais au maire, cette nuit... Un drôle de bonhomme, entre nous, le maire... Qu'est-ce que vous en pensez, vous ?...

— Moi ?... Je ne sais pas... Je...

— Enfin, il vous a vendu les terrains du lotissement... Vous êtes en rapports avec lui... Vous étiez ce qu'on appelle des amis...

— Nous avions surtout des relations d'affaires et de bon voisinage... A la campagne...

Maigret nota que la voix se raffermissait, qu'il y avait moins de flou dans le regard du docteur.

— Qu'est-ce que vous lui disiez ?...

Maigret tira son carnet de sa poche.

— Je lui disais que la série de crimes, ou si vous préférez de tentatives de meurtre, n'avait pu être commise par aucune des personnes actuellement connues de nous... Je ne vais pas reprendre les drames un par un... Je résume... Je parle objectivement, n'est-ce pas ? en technicien ?... Eh bien ! il est certain que vous n'avez pas pu matériellement tirer cette nuit sur le douanier, ce qui pourrait suffire à vous mettre hors de cause... Le Pommcret n'a pas pu tirer non plus, puisqu'on l'enterre demain matin... Ni Goyard, qui vient d'être retrouvé à Paris !... Et ils ne pouvaient, ni l'un ni l'autre, se trouver le vendredi soir derrière la boîte aux lettres de la maison vide... Emma non plus...

— Mais le vagabond au chien jaune ?

— J'y ai pensé ! Non seulement ce n'est pas lui qui a empoisonné Le Pommeret, mais, cette nuit, il était loin des lieux du drame quand celui-ci s'est produit... C'est pourquoi j'ai parlé au maire d'une personne inconnue, un Ixe mystérieux qui, lui, pourrait avoir commis tous ces crimes... A moins...

— A moins ?...

— A moins qu'il ne s'agisse pas d'une série !... Au lieu d'une sorte d'offensive unilatérale, supposez un vrai combat, entre deux groupes, ou entre deux individus...

— Mais alors, commissaire, qu'est-ce que je deviens, moi ?... S'il y a des ennemis inconnus qui rôdent... je...

Et son visage se ternissait à nouveau. Il se prit la tête à deux mains.

— Quand je pense que je suis malade, que les médecins me recommandent le calme le plus absolu !... Oh ! il n'y aura pas besoin d'une balle ni de poison pour m'avoir... Vous verrez que mon rein fera le nécessaire...

— Qu'est-ce que vous pensez du maire ?...

— Je ne sais pas ! Je ne sais rien !... Il est d'une famille très riche... Jeune homme, il a mené la grande vie à Paris... Il a eu son écurie de course... Puis il s'est rangé... Il a sauvé une partie de sa fortune et il est venu s'installer ici, dans la maison de son grand-père, qui était, lui aussi, maire de Concarneau... Il m'a vendu les terres qui ne lui servaient pas... Je crois qu'il voudrait être nommé conseiller général, pour finir au Sénat...

Le docteur s'était levé et on eût juré qu'en quelques jours il avait maigri de dix kilos. Il se fût mis à pleurer d'énervement qu'on ne s'en serait pas étonné.

— Qu'est-ce que vous voulez y comprendre ?... Et ce Goyard qui est à Paris quand on croit... Qu'est-ce qu'il peut bien faire là ?... Et pourquoi ?...

— Nous ne tarderons pas à le savoir, car il va arriver à Concarneau... Il est même arrivé à l'heure qu'il est...

— On l'a arrêté ?...

— On l'a prié de suivre deux messieurs jusqu'ici... Ce n'est pas la même chose...

— Qu'est-ce qu'il a dit ?...

— Rien ! Il est vrai qu'on ne lui a rien demandé !

Alors, soudain, le docteur regarda le commissaire en face. Le sang lui monta d'un seul coup aux pommettes.

— Qu'est-ce que cela veut dire ?... Moi, j'ai l'impression que quelqu'un devient fou !... Vous venez me parler du maire, de Goyard... Et je sens, vous entendez, je sens que d'un moment à l'autre c'est moi qui serai tué... Malgré ces barreaux qui n'empêcheront rien !... Malgré ce gros imbécile de gendarme qui est de garde dans la cour !... Et je ne veux pas mourir !... Je ne veux pas !... Qu'on me donne seulement un revolver pour me défendre !... Ou alors, qu'on enferme ceux qui en veulent à ma vie, ceux qui ont tué Le Pommeret, qui ont empoisonné la bouteille...

Il pantelait des pieds à la tête.

— Je ne suis pas un héros, moi ! Mon métier n'est pas de braver la mort !... Je suis un homme !... Je suis un malade !... Et j'ai bien assez, pour vivre, de lutter contre la maladie... Vous parlez ! Vous parlez !... Mais qu'est-ce que vous faites ?...

Rageur, il se frappa le front contre le mur.

— Tout ceci ressemble à une conspiration... A moins qu'on veuille me rendre fou... Oui ! on veut m'interner !... Qui sait ?... N'est-ce pas ma mère qui en a assez ?... Parce que j'ai toujours gardé jalousement la part qui me revient dans l'héritage de mon père... Mais je ne me laisserai pas faire...

Maigret n'avait pas bougé. Il était toujours là, au milieu de la cellule blanche dont un mur était inondé de soleil, les coudes sur le dossier de sa chaise, la pipe aux dents.

Le docteur allait et venait, en proie à une agitation qui confinait au délire.

Or, soudain, on entendit dans la pièce une voix joyeuse, à peine ironique, qui modulait à la façon des enfants :

— Coucou !...

Ernest Michoux sursauta, regarda les quatre coins de la cellule avant de fixer Maigret. Et alors il aperçut le visage du commissaire, qui avait tiré sa pipe de sa bouche et qui rigolait en lui lançant une œillade.

Ce fut comme l'effet d'un déclic. Michoux s'immobilisa, tout mou, tout falot, eut l'air de fondre jusqu'à en devenir une silhouette irréelle d'inconsistance.

— C'est vous qui... ?

On eût pu croire que la voix venait d'ailleurs, comme celle d'un ventriloque qui fait jaillir les mots du plafond ou d'un vase de porcelaine.

Les yeux de Maigret riaient toujours tandis qu'il se levait et prononçait avec une gravité encourageante, qui contrastait avec l'expression de sa physionomie :

— Remettez-vous, docteur !... J'entends des pas dans la cour... Dans quelques instants, l'assassin sera certainement entre ces quatre murs...

Ce fut le maire que le gendarme introduisit le premier. Mais il y avait d'autres bruits de pas dans la cour.

10

La Belle Emma

— Vous m'avez prié de venir, commissaire ?...

Maigret n'avait pas eu le temps de répondre qu'on voyait entrer dans la cour deux inspecteurs qui encadraient Jean Goyard, tandis qu'on devinait dans la rue, des deux côtés de la poterne, une foule agitée.

Le journaliste paraissait plus petit, plus grassouillet, entre ses gardes du corps. Il avait rabattu son chapeau mou sur ses yeux et, par crainte des photographes, sans doute, il tenait un mouchoir devant le bas de son visage.

— Par ici ! dit Maigret aux inspecteurs. Vous pourriez peut-être aller nous chercher des chaises, car j'entends une voix féminine...

Une voix aiguë, qui disait :

— Où est-il ?... Je veux le voir immédiatement !... Et je vous ferai casser, inspecteur... Vous entendez ?... Je vous ferai casser...

C'était Mme Michoux, en robe mauve, avec tous ses bijoux, de la poudre et du rouge, qui haletait d'indignation.

— Ah ! vous êtes ici, cher ami... minauda-t-elle devant le maire. Imagine-t-on une histoire pareille ?... Ce petit monsieur arrive chez moi alors que je ne suis même pas habillée... Ma domestique est en congé... Je lui dis à travers la porte que je ne puis pas le recevoir et il insiste, il exige, il attend pendant que je fais ma toilette en prétendant qu'il a ordre de m'amener ici... C'est tout bonnement inouï !... Quand je pense que mon mari était député, qu'il a presque été président du Conseil et que ce... ce galapiat... oui, galapiat !...

Elle était trop indignée pour se rendre compte de la situation. Mais soudain elle vit Goyard qui détournait la tête, son fils assis au bord de la couchette, la tête entre les mains. Une auto entrait dans la cour ensoleillée. Des uniformes de gendarmes chatoyaient. Et de la foule, maintenant, partait une clameur.

— Qu'est-ce que... qu'est-ce que vous... ?

On dut fermer la porte cochère pour empêcher le public de pénétrer de force dans la cour. Car la première personne que l'on tira littéralement de l'auto n'était autre que le vagabond. Non seulement il avait des menottes aux mains, mais encore on lui avait entravé les chevilles à l'aide d'une corde solide, si bien qu'il fallut le transporter comme un colis.

Derrière lui, Emma descendait, libre de ses mouvements, aussi ahurie que dans un rêve.

— Libérez-lui les jambes !

Les gendarmes étaient fiers, encore émus de leur capture. Celle-ci n'avait pas dû être facile, à en juger par les uniformes en désordre et surtout par le visage du prisonnier, qui était complètement maculé du sang qui coulait encore de sa lèvre fendue.

Mme Michoux poussa un cri d'effroi, recula jusqu'au mur, comme à la vue d'une chose répugnante, tandis que l'homme se laissait délivrer sans mot dire, que sa tête se levait, qu'il regardait lentement, lentement, autour de lui.

— Tranquille, hein, Léon !... gronda Maigret.

L'autre tressaillit, chercha à savoir qui avait parlé.

— Qu'on lui donne une chaise et un mouchoir...

Il remarqua que Goyard s'était glissé tout au fond de la cellule, derrière Mme Michoux, et que le docteur grelottait, sans regarder personne. Le lieutenant de gendarmerie, embarrassé par cette réunion insolite, se demandait quel rôle il avait à jouer.

— Qu'on ferme la porte !... Que chacun

veuille prendre la peine de s'asseoir... Votre brigadier est capable de nous servir de greffier, lieutenant ?... Très bien ! Qu'il s'installe à cette petite table... Je vous demande de vous asseoir aussi, monsieur le maire...

La foule, dehors, ne criait plus, et pourtant on la sentait là, on devinait dans la rue une vie compacte, une attente passionnée.

Maigret bourra une pipe, en marchant de long en large, se tourna vers l'inspecteur Leroy.

— Vous devriez téléphoner avant tout au syndic des gens de mer, à Quimper, pour lui demander ce qui est arrivé, voilà quatre ou cinq ans, peut-être six, à un bateau appelé *La Belle Emma*...

Comme l'inspecteur se dirigeait vers la porte, le maire toussa, fit signe qu'il voulait parler.

— Je puis vous l'apprendre, commissaire... C'est une histoire que tout le monde connaît dans le pays...

— Parlez...

Le vagabond remua dans son coin, à la façon d'un chien hargneux. Emma ne le quittait pas des yeux, se tenait assise sur l'extrême bord de sa chaise. Le hasard l'avait placée à côté de Mme Michoux, dont le parfum commençait à envahir l'atmosphère, une odeur sucrée de violette.

— Je n'ai pas vu le bateau, disait le maire avec aisance, avec peut-être un rien de pose. Il appartenait à un certain Le Glen, ou Le

Glerec, qui passait pour un excellent marin mais pour une tête chaude... Comme tous les caboteurs du pays, *La Belle Emma* transportait surtout des primeurs en Angleterre... Un beau jour, on a parlé d'une plus longue campagne... Pendant deux mois, on n'a pas eu de nouvelles... On a appris enfin que *La Belle Emma* avait été arraisonnée en arrivant dans un petit port près de New York, l'équipage conduit en prison et la cargaison de cocaïne saisie... Le bateau aussi, bien entendu... C'était l'époque où la plupart des bateaux de commerce, surtout ceux qui transportaient le sel à Terre-Neuve, se livraient à la contrebande de l'alcool...

— Je vous remercie... Bougez pas, Léon... Répondez-moi de votre place... Et surtout, répondez exactement à mes questions, *sans plus* !... Vous entendez ?... D'abord, où vous a-t-on arrêté tout à l'heure ?...

Le vagabond essuya le sang qui maculait son menton, prononça d'une voix rauque :

— A Rosporden... dans un entrepôt du chemin de fer où nous attendions la nuit pour nous glisser dans n'importe quel train...

— Combien d'argent avez-vous en poche ?...

Ce fut le lieutenant qui répliqua :

— Onze francs et de la menue monnaie...

Maigret regarda Emma, qui avait des larmes fluides sur les joues, puis la brute repliée sur elle-même. Il sentit que le docteur, bien qu'immobile, était en proie à une agitation intense et il fit signe à un des policiers d'aller se placer près de lui pour parer à toute éventualité.

Le brigadier écrivait. La plume grattait le papier avec un bruit métallique.

— Racontez-nous exactement dans quelles conditions s'est fait ce chargement de cocaïne, Le Guérec...

L'homme leva les yeux. Son regard, braqué sur le docteur, se durcit. Et, la bouche hargneuse, ses gros poings serrés, il grommela :

— La banque m'avait prêté de l'argent pour faire construire mon bateau...

— Je sais ! Ensuite...

— Il y a eu une mauvaise année... Le franc remontait... L'Angleterre achetait moins de fruits... Je me demandais comment j'allais payer les intérêts... J'attendais, pour me marier avec Emma, d'avoir remboursé le plus gros... C'est alors qu'un journaliste, que je connaissais parce qu'il était souvent à fureter dans le port, est venu me trouver...

A la stupéfaction générale, Ernest Michoux découvrit son visage, qui était pâle, mais infiniment plus calme qu'on ne le supposait. Et il tira un carnet, un crayon de sa poche, écrivit quelques mots.

— C'est Jean Servières qui vous a proposé un chargement de cocaïne ?

— Pas tout de suite ! Il m'a parlé d'une affaire. Il m'a donné rendez-vous dans un café de Brest où il se trouvait avec deux autres...

166

— Le docteur Michoux et M. Le Pommeret ?

— C'est cela !

Michoux prenait de nouvelles notes et son visage avait une expression dédaigneuse. Il alla même à un certain moment jusqu'à esquisser un sourire ironique.

— Lequel des trois vous a mis le marché en main ?

Le docteur attendit, crayon levé.

— Aucun des trois... Ou plutôt ils ne m'ont parlé que de la grosse somme à gagner en un mois ou deux... Un Américain est arrivé une heure après... Je n'ai jamais su son nom... Je ne l'ai vu que deux fois... Sûrement un homme qui connaît la mer, car il m'a demandé les caractéristiques de mon bateau, le nombre d'hommes qu'il me faudrait à bord et le temps nécessaire à poser un moteur auxiliaire... Je croyais qu'il s'agissait de contrebande de l'alcool... Tout le monde en faisait, même des officiers de paquebots... La semaine suivante, des ouvriers venaient installer un moteur semi-diesel sur *La Belle Emma*...

Il parlait lentement, le regard fixe, et c'était impressionnant de voir remuer ses gros doigts, plus éloquents, dans leurs gestes lents comme des spasmes, que son visage.

— On m'a remis une carte anglaise donnant tous les vents de l'Atlantique et la route des voiliers, car je n'avais jamais fait la traversée... Je n'ai pris que deux hommes avec moi, par prudence, et je n'ai parlé de l'affaire à personne, sauf à Emma, qui était sur la jetée la nuit du départ... Les trois hommes étaient là aussi, près d'une auto qui avait éteint ses feux... Le chargement avait eu lieu l'après-midi... Et, à ce moment-là, j'ai eu le trac... Pas tant à cause de la contrebande !... Je ne suis guère allé à l'école... Tant que je peux me servir du compas et de la sonde, ça va... Je ne crains personne... Mais là-bas, au large... Un vieux capitaine avait essayé de m'apprendre à manier le sextant pour faire le point... J'avais acheté une table de logarithmes et tout ce qu'il faut... Mais j'étais sûr de m'embrouiller dans les calculs... Seulement, si je réussissais, le bateau était payé et il me restait quelque chose comme vingt mille francs en poche... Il ventait furieusement, cette nuit-là... On a perdu de vue l'auto et les trois hommes... Puis Emma, dont la silhouette se découpait en noir au bout de la jetée... Deux mois en mer...

Michoux prenait toujours des notes, mais évitait de regarder l'homme qui parlait.

— J'avais des instructions pour le débarquement... On arrive enfin Dieu sait comment dans le petit port désigné... On n'a pas encore lancé les amarres à terre que trois vedettes de la police, avec des mitrailleuses et des hommes armés de fusils, nous entourent, sautent sur le pont, nous mettent en joue en nous criant quelque chose en anglais et nous donnent des coups de crosse jusqu'à ce que nous mettions haut les mains...

» Nous n'y avons vu que du feu, tellement ça a été vite fait... Je ne sais pas qui a conduit mon bateau à quai, ni comment nous avons été fourrés dans un camion automobile. Une heure plus tard, nous étions chacun enfermés dans une cage de fer, à la prison de Sing-Sing...

» On en était malades... Personne ne parlait le français... Des prisonniers nous lançaient des plaisanteries et des injures...

» Là-bas, ces sortes de choses vont vite... Le lendemain, nous passions devant une sorte de tribunal et l'avocat qui, paraît-il, nous défendait ne nous avait même pas adressé la parole !...

» C'est après, seulement, qu'il m'a annoncé que j'étais condamné à deux ans de travaux forcés et à cent mille dollars d'amende, que mon bateau était confisqué, et tout... Je ne comprenais pas... Cent mille dollars !... Je jurai que je n'avais pas d'argent... Dans ce cas, c'était je ne sais combien d'années de prison en plus...

» Je suis resté à Sing-Sing... Mes matelots ont dû être conduits dans une autre prison, car je ne les ai jamais revus... On m'a tondu... On m'a emmené sur la route pour casser des pierres... Un chapelain a voulu m'enseigner la Bible...

» Vous ne pouvez pas savoir... Il y avait des prisonniers riches qui allaient se promener en ville presque tous les soirs... Et les autres leur servaient de domestiques !...

» Peu importe... Ce n'est qu'après un an que j'ai rencontré, un jour, l'Américain de Brest, qui venait visiter un détenu... Je l'ai reconnu... Je l'ai appelé... Il a mis quelque temps à se souvenir, puis il a éclaté de rire et il m'a fait conduire au parloir...

» Il était très cordial... Il me traitait en vieux camarade... Il m'a dit qu'il avait toujours été agent de la prohibition... Il travaillait surtout à l'étranger, en Angleterre, en France, en Allemagne, d'où il envoyait à la police américaine des renseignements sur les convois en partance...

» Mais, en même temps, il lui arrivait de trafiquer pour son compte... C'était le cas pour cette affaire de cocaïne, qui devait rapporter des millions, car il y en avait dix tonnes à bord, à je ne sais combien de francs le gramme. Il s'était donc abouché avec des Français qui devaient fournir le bateau et une partie des fonds... C'étaient mes trois hommes... Et, naturellement, les bénéfices étaient à partager entre eux quatre...

» Mais attendez !... Car c'est le plus beau qu'il me reste à dire... Le jour même où l'on procédait au chargement, à Quimper, l'Américain reçoit un avis de son pays... Il y a un nouveau chef de la prohibition... La surveillance est renforcée... Les acheteurs des Etats-Unis hésitent et, de ce fait, la marchandise risque de ne pas trouver preneur...

» Par contre, un nouvel arrêté promet à tout homme qui fera saisir de la marchandise prohibée une prime s'élevant au tiers de la valeur de cette marchandise...

» C'est dans ma prison qu'on me raconte cela !... J'apprends que, tandis que je larguais mes amarres, anxieux, et que je me demandais si nous arriverions vivants sur l'autre bord de l'Atlantique, mes trois hommes discutaient avec l'Américain, sur le quai même...

» Risquer le tout pour le tout ?... C'est le docteur, je le sais, qui a insisté en faveur de la dénonciation... Du moins, de la sorte, était-ce un tiers du capital récupéré à coup sûr, sans risque de complications...

» Sans compter que l'Américain s'arrangeait avec un collègue pour mettre à gauche une partie de la cocaïne saisie. Des combines incroyables, je le sais !...

» *La Belle Emma* glissait sur l'eau noire du port... Je regardais une dernière fois ma fiancée, sûr de venir l'épouser quelques mois plus tard...

» Et ils savaient, eux qui nous regardaient partir, que nous serions cueillis à notre arrivée !... Ils comptaient même que nous nous défendrions, que nous serions sans doute tués dans la lutte, comme cela arrivait tous les jours à cette époque-là dans les eaux américaines...

» Ils savaient que mon bateau serait

confisqué, qu'il n'était pas entièrement payé, que je n'avais rien d'autre au monde !...

» Ils savaient que je ne rêvais que de me marier... Et ils nous regardaient partir !...

» C'est cela qu'on m'avouait, à Sing-Sing, où j'étais devenu une brute parmi d'autres brutes... On me donnait des preuves... Mon interlocuteur riait, s'écriait en se tapant les cuisses :

» — De jolies canailles, ces trois-là !...

Il y eut un silence brusque, absolu. Et, dans ce silence, on eut la stupeur d'entendre le crayon de Michoux glisser sur une page blanche qu'il venait de tourner.

Maigret regarda — en comprenant — les initiales SS tatouées sur la main du colosse : Sing-Sing !

— Je crois que j'en avais bien pour dix ans encore... Dans ce pays-là, on ne sait jamais... La moindre faute contre le règlement, et la peine s'allonge, en même temps que pleuvent les coups de matraque... J'en ai reçu des centaines... Et des coups de mes compagnons !... Et c'est mon Américain qui a fait des démarches en ma faveur... Je crois qu'il était dégoûté par la lâcheté de ceux qu'il appelait mes amis... Je n'avais pour compagnon qu'un chien... Une bête que j'avais élevée à bord, qui m'avait sauvé de la noyade et que là-bas, malgré toute leur discipline, on avait laissée vivre dans la prison... Car ils n'ont pas les mêmes idées que nous sur ces sortes de choses... Un enfer !... N'empêche qu'on vous

172

joue de la musique le dimanche, quitte à vous rosser ensuite jusqu'au sang... A la fin, je ne savais même plus si j'étais encore un homme... J'ai sangloté cent fois, mille fois...

» Et quand, un matin, on m'a ouvert la porte, en me donnant un coup de crosse dans les reins pour me renvoyer à la vie civilisée, je me suis évanoui, bêtement, sur le trottoir... Je ne savais plus vivre... Je n'avais plus rien...

» Si ! une chose...

Sa lèvre fendue saignait. Il oubliait d'éponger le sang. Mme Michoux se cachait le visage de son mouchoir de dentelle dont l'odeur tournait le cœur. Et Maigret fumait tranquillement, sans quitter des yeux le docteur qui écrivait toujours.

— La volonté de faire subir le même sort à ceux qui étaient cause de toute cette débâcle !... Pas les tuer ! Non !... Ce n'est rien de mourir !... A Sing-Sing, j'ai essayé vingt fois, sans y parvenir... J'ai refusé de manger et on m'a nourri artificiellement... *Leur faire connaître la prison !* J'aurais voulu que ce fût en Amérique... Mais c'était impossible...

» J'ai traîné dans Brooklyn, où j'ai fait tous les métiers en attendant de pouvoir payer mon passage à bord d'un bateau... J'ai même payé pour mon chien...

» Je n'avais jamais eu de nouvelles d'Emma... Je n'ai pas mis les pieds à Quimper, où on aurait pu me reconnaître, malgré ma sale gueule...

» Ici, j'ai appris qu'elle était fille de salle,

et à l'occasion la maîtresse de Michoux... Peut-être des autres aussi ?... Une fille de salle, n'est-ce pas ?...

» Ce n'était pas facile d'envoyer mes trois saligauds en prison... Et j'y tenais !... Je n'avais plus que ce désir-là !... J'ai vécu avec mon chien à bord d'une barque échouée, puis dans l'ancien poste de veille, à la pointe du Cabélou...

» J'ai commencé à me montrer à Michoux... Rien que me montrer !... Montrer ma vilaine figure, ma silhouette de brute !... Vous comprenez ?... Je voulais lui faire peur... Je voulais provoquer chez lui une frousse capable de le pousser à tirer sur moi !... J'y serais peut-être resté... Mais après ?... Le bagne, c'était pour lui !... Les coups de pied !... Les coups de crosse !... Les compagnons répugnants, plus forts que vous, qui vous obligent à les servir... Je rôdais autour de sa villa... Je me mettais sur son chemin... Trois jours !... quatre jours !... Il m'avait reconnu... Il sortait moins... Et pourtant, ici, pendant tout ce temps, la vie n'avait pas changé. Ils buvaient des apéritifs, tous les trois !... Les gens les saluaient !... Je volais de quoi manger aux étalages... Je voulais que ça aille vite...

Une voix mate s'éleva :

— Pardon, commissaire ! Cet interrogatoire, sans la présence d'un juge d'instruction, a-t-il une valeur légale ?

C'était Michoux !... Michoux blanc comme

un drap, les traits tirés, les narines pincées, les lèvres décolorées. Mais Michoux qui parlait avec une netteté presque menaçante !

Un coup d'œil de Maigret ordonna à un agent de se placer entre le docteur et le vagabond. Il était temps ! Léon Le Guérec se levait lentement, attiré par cette voix, les poings serrés, lourds comme des massues.

— Assis !... Asseyez-vous, Léon !...

Et tandis que la brute obéissait, la respiration rauque, le commissaire prononçait en secouant la cendre de sa pipe :

— C'est à moi de parler !...

11

La peur

Sa voix basse, son débit rapide contrastèrent avec le discours passionné du marin qui le regardait de travers.

— Un mot d'abord sur Emma, messieurs... Elle apprend que son fiancé a été arrêté... Elle ne reçoit plus rien de lui... Un jour, pour une cause futile, elle perd sa place et devient fille de salle à l'*Hôtel de l'Amiral*... C'est une pauvre fille, qui n'a aucune attache... Des hommes lui font la cour comme de riches clients font la cour à une servante... Deux ans, trois ans ont passé... Elle ignore que Michoux est coupable... Elle le rejoint, un soir, dans sa chambre... Et le temps passe toujours, la vie coule... Michoux a d'autres maîtresses... De temps en temps, la fantaisie lui prend de coucher à l'hôtel... Ou bien, quand sa mère est absente, il fait venir Emma chez lui... Des amours ternes, sans amour... Et la vie d'Emma est terne... Elle n'est pas une héroïne... Elle garde dans une boîte de coquillages une lettre, une photo, mais ce n'est qu'un vieux rêve qui pâlit chaque jour davantage...

» Elle ne sait pas que Léon vient de revenir...

» Elle n'a pas reconnu le chien jaune qui rôde autour d'elle et qui avait quatre mois quand le bateau est parti...

» Une nuit, Michoux lui dicte une lettre, sans lui dire à qui elle est destinée... Il s'agit de donner rendez-vous à quelqu'un dans une maison inhabitée, à onze heures du soir...

» Elle écrit... Une fille de salle !... Vous comprenez ?... Léon Le Guérec ne s'est pas trompé... Michoux a peur !... Il sent sa vie en danger... Il veut supprimer l'ennemi qui rôde...

» Mais c'est un lâche !... Il a éprouvé le besoin de me le crier lui-même !... Il se cachera derrière une porte, dans un corridor, après avoir fait parvenir la lettre à sa victime en l'attachant par une ficelle au cou du chien...

» Est-ce que Léon se méfiera ?... Est-ce qu'il ne voudra pas revoir malgré tout son ancienne fiancée ?... Au moment où il frappera à la porte, il suffira de tirer à travers la boîte aux lettres, de fuir par la ruelle... Et le crime restera d'autant plus un mystère que nul ne reconnaîtra la victime !...

» Mais Léon se méfie... Il rôde peut-être

sur la place... Peut-être va-t-il se décider à aller quand même au rendez-vous ?... Le hasard veut que M. Mostaguen sorte à cet instant du café, légèrement pris de boisson, qu'il s'arrête sur le seuil pour allumer son cigare... Son équilibre est instable... Il heurte la porte... C'est le signal... Une balle l'atteint en plein ventre...

» Voilà la première affaire... Michoux a raté son coup... Il est rentré chez lui... Goyard et Le Pommeret, qui sont au courant et qui ont le même intérêt à la disparition de celui qui les menace tous les trois, sont terrorisés...

» Emma a compris à quel jeu on l'avait fait jouer... Peut-être a-t-elle aperçu Léon ?... Peut-être son esprit a-t-il travaillé et a-t-elle identifié enfin le chien jaune ?...

» Le lendemain, je suis sur les lieux... Je vois les trois hommes... Je sens leur terreur... *Ils s'attendent à un drame !...* Et je veux savoir d'où ils croient que doit venir le coup... Je tiens à m'assurer que je ne me trompe pas...

» C'est moi qui empoisonne une bouteille d'apéritif, maladroitement... Je suis prêt à intervenir au cas où quelqu'un boirait... Mais non !... Michoux veille !... Michoux se méfie de tout, des gens qui passent, de ce qu'il mange, de ce qu'il boit... Il n'ose même plus quitter l'hôtel !...

Emma s'était figée dans une immobilité telle qu'on n'eût pu trouver image plus saisissante de la stupeur. Et Michoux avait redressé la tête un instant, pour regarder Maigret dans les yeux. Maintenant, il écrivait fiévreusement.

— Voilà le second drame, monsieur le maire ! Et notre trio vit toujours, continue à avoir peur... Goyard est le plus impressionnable des trois, sans doute aussi le moins mauvais bougre... Cette histoire d'empoisonnement l'a mis hors de lui... Il sent qu'il y passera un jour ou l'autre... Il me devine sur la piste... Et il décide de fuir... Fuir sans laisser de traces... Fuir sans qu'on puisse l'accuser d'avoir fui... Il feindra une agression, laissera croire qu'il est mort et que son corps a été jeté dans l'eau du port...

» Auparavant, la curiosité le pousse à fureter chez Michoux, peut-être à la recherche de Léon et pour lui proposer la paix... Il y trouve des traces du passage de la brute. Ces traces, il comprend que je ne vais pas tarder à les découvrir à mon tour.

» Car il est journaliste !... Il sait par surcroît combien les foules sont impressionnables... Il sait que tant que Léon vivra il ne sera en sûreté nulle part... Et il trouve quelque chose de vraiment génial : l'article, écrit de la main gauche et envoyé au *Phare de Brest*...

» On y parle du chien jaune, du vagabond... Chaque phrase est calculée pour semer la terreur à Concarneau... Et, de la sorte, il y a des chances, si des gens aper-

çoivent l'homme aux grands pieds, que celui-
ci reçoive une charge de plomb dans la poitrine...

» Cela a failli arriver !... On a commencé
par tirer sur le chien... On aurait tiré de
même sur l'homme !... Une population affo-
lée est capable de tout...

» Le dimanche, en effet, la terreur règne
en ville... Michoux ne quitte pas l'hôtel... Il
est malade de peur... Mais il reste bien décidé
à se défendre jusqu'au bout, *par tous les
moyens*...

» Je le laisse seul avec Le Pommeret...
J'ignore ce qui se passe alors entre eux...
Goyard a fui... Le Pommeret, lui, qui appar-
tient à une honorable famille du pays, doit
être tenté de faire appel à la police, de tout
révéler plutôt que de continuer à vivre ce cauchemar... Que risque-t-il ?... Une amende !...
Un peu de prison !... A peine !... Le principal
délit a été commis en Amérique...

» Et Michoux, qui le sent faiblir, qui a le
meurtre Mostaguen sur la conscience, qui
veut en sortir coûte que coûte par ses propres
moyens, n'hésite pas à l'empoisonner...

» Emma est là... N'est-ce pas elle qu'on
soupçonnera ?...

» Je voudrais vous parler plus longuement
de la peur, parce que c'est elle qui est à la
base de tout ce drame. Michoux a peur...
Michoux veut vaincre sa peur plus encore
que son ennemi...

» Il connaît Léon Le Guérec. Il sait que

celui-ci ne se laissera pas arrêter sans résistance... Et il compte sur une balle, tirée par les gendarmes ou par quelque habitant effrayé, pour en finir...

» Il ne bouge pas d'ici... J'apporte le chien blessé, mourant... Je veux savoir si le vagabond viendra le chercher et il vient...

» On n'a plus vu la bête depuis et cela me prouve qu'elle est morte...

Ce fut un simple bruit dans la gorge de Léon.

— Oui...

— Vous l'avez enterrée ?...

— Au Cabélou... Il y a une petite croix, faite de deux branches de sapin...

— La police trouve Léon Le Guérec. Il s'enfuit, parce que sa seule idée est de forcer Michoux à l'attaquer... Il l'a dit : *il veut le voir en prison*... Mon devoir est d'empêcher un nouveau drame et c'est pourquoi j'arrête Michoux, tout en lui affirmant que c'est pour le mettre en sûreté... Ce n'est pas un mensonge... Mais, par la même occasion, j'empêche Michoux de commettre d'autres crimes... Il est à bout... Il est capable de tout... Il se sent traqué de toutes parts...

» N'empêche qu'il est encore capable de jouer la comédie, de me parler de sa faiblesse de constitution, de mettre sa frousse sur le compte du mysticisme et d'une vieille prédiction inventée de toutes pièces...

» Ce qu'il lui faut, c'est que la population se décide à abattre son ennemi...

» Il sait qu'il peut être logiquement soupçonné de tout ce qui s'est passé jusque-là... Seul dans cette cellule, il se creuse la tête...

» N'y a-t-il pas un moyen de détourner définitivement les soupçons ?... Qu'un nouveau crime soit commis, alors qu'il est sous les verrous, qu'il a le plus éclatant de tous les alibis ?...

» Sa mère vient le voir... Elle sait tout... Il faut qu'elle ne puisse être soupçonnée, ni rejointe par des poursuivants... Il faut qu'elle le sauve !...

» Elle dînera chez le maire. Elle se fera reconduire à sa villa où la lampe ne s'éteindra pas de la soirée... Elle reviendra en ville à pied... Tout le monde dort ?... Sauf au *Café de l'Amiral* !... Il suffit d'attendre que quelqu'un sorte, de le guetter à un coin de rue...

» Et, pour l'empêcher de courir, c'est à la jambe que l'on visera...

» Ce crime-là, totalement inutile, est la pire des charges contre Michoux, si nous n'en avions déjà d'autres... Le matin, quand j'arrive ici, il est fébrile... Il ne sait pas que Goyard a été arrêté à Paris... Il ignore surtout qu'au moment où le coup de feu a été tiré sur le douanier, j'avais le vagabond sous les yeux...

» Car Léon, poursuivi par la police et la gendarmerie, est resté dans le pâté de maisons... Il a hâte d'en finir... Il ne veut pas s'éloigner de Michoux...

» Il dort dans une chambre de l'immeuble vide... De sa fenêtre, Emma l'aperçoit... Et la voilà qui le rejoint... Elle lui crie qu'elle n'est pas coupable !... Elle se jette, elle se traîne à ses genoux...

» C'est la première fois qu'il la revoit en face, qu'il entend à nouveau le son de sa voix... Elle a été à un autre, à d'autres...

» Mais que n'a-t-il pas vécu, lui ?... Son cœur fond... Il la saisit d'une main brutale, comme pour la broyer, mais ce sont ses lèvres qu'il écrase sous les siennes...

» Il n'est plus l'homme tout seul, l'homme d'un but, d'une idée... Dans ses larmes, elle lui a parlé d'un bonheur possible, d'une vie à recommencer...

» Et ils partent tous les deux, sans un sou, dans la nuit... Ils vont n'importe où !... Ils abandonnent Michoux à ses terreurs...

» Ils vont essayer quelque part d'être heureux...

Maigret bourra sa pipe, lentement, en regardant tour à tour toutes les personnes présentes.

— Vous m'excuserez, monsieur le maire, de ne pas vous avoir tenu au courant de mon enquête... Mais, quand je suis arrivé, j'ai eu la certitude que le drame ne faisait que commencer... Pour en connaître les ficelles, il fallait lui permettre de se développer en évitant autant que possible les dégâts... Le Pommeret est mort, assassiné par son complice... Mais, tel que je l'ai vu, je suis persuadé qu'il

184

se serait tué lui-même le jour de son arrestation... Un douanier a reçu une balle dans la
jambe... Dans huit jours il n'y paraîtra plus...
Par contre, je puis signer maintenant un
mandat d'arrêt contre le docteur Ernest
Michoux pour tentative d'assassinat et bles-
sures sur la personne de M. Mostaguen et
pour empoisonnement volontaire de son ami
Le Pommeret. Voici un autre mandat contre
Mme Michoux pour agression nocturne...
Quant à Jean Goyard, dit Servières, je crois
qu'il ne peut guère être poursuivi que pour
outrage à la magistrature, par le fait de la
comédie qu'il a jouée...

Ce fut le seul incident comique. Un soupir ! Un soupir heureux, aérien, poussé par
le journaliste grassouillet. Et il eut le culot de
balbutier :

— Je suppose, dans ce cas, que je puis être
laissé en liberté sous caution ?... Je suis prêt
à verser cinquante mille francs...

— Le Parquet appréciera, monsieur
Goyard...

Mme Michoux s'était écroulée sur sa
chaise, mais son fils avait plus de ressort
qu'elle.

— Vous n'avez rien à ajouter ? lui
demanda Maigret.

— Pardon ! Je répondrai en présence de
mon avocat. En attendant, je fais toutes
réserves sur la légalité de cette confronta-
tion...

Et il tendait son cou de jeune coq maigre,

où saillait une pomme d'Adam jaunâtre. Son nez paraissait plus oblique que de coutume. Il n'avait pas lâché le carnet où il avait pris des notes.

— Ces deux-là ?... murmura le maire en se levant.

— Je n'ai absolument aucune charge contre eux. Léon Le Guérec a avoué que son but était d'amener Michoux à tirer sur lui... Pour cela, il n'a fait que se montrer... Il n'existe pas de texte de loi qui...

— A moins que... pour vagabondage ! intervint le lieutenant de gendarmerie.

Mais le commissaire haussa les épaules de telle façon qu'il rougit de sa suggestion.

Bien que l'heure du déjeuner fût passée depuis longtemps, il y avait foule dehors et le maire avait consenti à prêter sa voiture, dont les rideaux fermaient à peu près hermétiquement.

Emma y monta la première, puis Léon Le Guérec, puis enfin Maigret qui prit place dans le fond avec la jeune femme tandis que le marin s'asseyait gauchement sur un strapontin.

On traversa la foule en vitesse. Quelques minutes plus tard, on roulait vers Quimperlé et Léon, gêné, le regard flou, questionnait :

— Pourquoi avez-vous dit ça ?...

— Quoi ?...

— Que c'est vous qui avez empoisonné la bouteille ?

Emma était toute pâle. Elle n'osait pas s'adosser aux coussins et c'était sans doute la première fois de sa vie qu'elle roulait en limousine.

— Une idée !... grommela Maigret en serrant de ses dents le tuyau de sa pipe.

Et la jeune fille, alors, de s'écrier, en détresse :

— Je vous jure, monsieur le commissaire, que je ne savais plus ce que je faisais !... Michoux m'avait fait écrire la lettre... J'avais fini par reconnaître le chien... Le dimanche matin, j'ai vu Léon qui rôdait... Alors, j'ai compris... J'ai essayé de parler à Léon et il est parti sans même me regarder, en crachant par terre... J'ai voulu le venger... J'ai voulu... Je ne sais pas, moi !... J'étais comme folle... Je savais qu'ils voulaient le tuer... Je l'aimais toujours... J'ai passé la journée à rouler des idées dans ma tête... C'est à midi, pendant le déjeuner, que j'ai couru à la villa de Michoux pour prendre le poison... Je ne savais pas lequel choisir... Il m'avait déjà montré des fioles en me disant qu'il y avait de quoi tuer tout Concarneau...

» Mais je vous jure que je ne vous aurais pas laissé boire... Du moins, je ne crois pas...

Elle sanglotait. Léon, maladroitement, lui tapotait le genou pour la calmer.

— Je ne pourrai jamais vous remercier, commissaire, criait-elle entre ses sanglots...

Ce que vous avez fait c'est... c'est ... je ne trouve pas le mot... c'est tellement merveilleux !...

Maigret les regardait l'un et l'autre, lui avec sa lèvre fendue, ses cheveux ras et sa face de brute qui essaie de s'humaniser, elle avec sa pauvre tête blêmie dans cet aquarium du *Café de l'Amiral*.

— Qu'est-ce que vous allez faire ?...

— On ne sait pas encore... Quitter le pays... Gagner Le Havre, peut-être ?... J'ai bien trouvé le moyen de gagner ma vie sur les quais de New York...

— On vous a rendu vos douze francs ?

Léon rougit, ne répondit pas.

— Que coûte le train d'ici au Havre ?...

— Non ! Ne faites pas ça, commissaire... Parce que alors... on ne saurait comment... Vous comprenez ?...

Maigret frappa du doigt la vitre de la voiture, car on passait devant une petite gare. Il tira deux billets de cent francs de sa poche.

— Prenez-les !... Je les mettrai sur ma note de frais...

Et il les poussa presque dehors, referma la portière alors qu'ils cherchaient encore des remerciements.

— A Concarneau !... En vitesse !...

Tout seul dans la voiture, il haussa au moins trois fois les épaules, comme un homme qui a une rude envie de se moquer de lui.

Le procès a duré un an. Pendant un an, le docteur Michoux s'est présenté jusqu'à cinq fois par semaine chez le juge d'instruction, avec une serviette de maroquin bourrée de documents.

Et à chaque interrogatoire il y eut de nouveaux sujets de chicane.

Chaque pièce du dossier donna lieu à des controverses, à des enquêtes et à des contre-enquêtes.

Michoux était toujours plus maigre, plus jaune, plus souffreteux, mais il ne désarmait pas.

— Permettez à un homme qui n'en a plus pour trois mois à vivre...

C'était sa phrase favorite. Il se défendit pied à pied, avec des manœuvres sournoises, des ripostes inattendues. Et il avait découvert un avocat plus bilieux que lui qui le relayait.

Condamné à vingt ans de travaux forcés par la cour d'assises du Finistère, il espéra six mois durant que son affaire irait en cassation.

Mais une photographie vieille d'un mois à peine, parue dans tous les journaux, le montre, toujours maigre et jaune, le nez de travers, le sac au dos, le calot sur la tête, s'embarquant à l'île de Ré sur *La Martinière* qui conduit cent quatre-vingts forçats à Cayenne.

A Paris, Mme Michoux, qui a purgé une peine de trois mois de prison, intrigue dans les milieux politiques. Elle prétend obtenir la révision du procès.

Elle a déjà deux journaux pour elle.

Léon Le Guérec pêche le hareng en mer du Nord, à bord de *La Francette*, et sa femme attend un bébé.

Composition réalisée par JOUVE

Imprimé en France sur Presse Offset par

BRODARD & TAUPIN

GROUPE CPI

La Flèche (Sarthe).
N° d'imprimeur : 16498 – Dépôt légal Édit. 29168-01/2003
LIBRAIRIE GÉNÉRALE FRANÇAISE - 43, quai de Grenelle - 75015 Paris.
ISBN : 2 - 253 - 14292 - 1